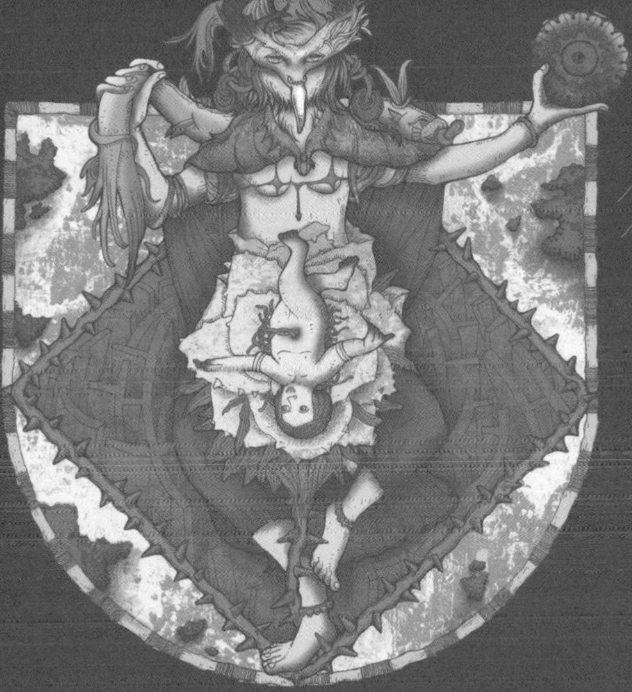

地海古墓

The Tombs of Atuan

娥蘇拉．勒瑰恩

Ursula K. Le Guin

地海六部曲｜第二部

蔡美玲——譯

娥蘇拉．勒瑰恩的文字非常優美豐富，是我最喜歡的女作家之一。

——村上春樹，日本當代作家

想像力豐富，風格上乘，超越托爾金，更遠勝多麗絲．萊辛。勒瑰恩在當代奇幻與科幻文學界中，實已樹立無人可及的範例。

——哈洛．卜倫，西洋文學評論家，《西方正典》作者

太初之道即為「言」：言說是魔法最始初的形式與真名。在這套作品出現之前，從來沒有任何一部奇幻文學將此意念闡述得淋漓盡致。藉著娥蘇拉．勒瑰恩的書寫，還原回鮮明面目的語言、真實，以及聖邪兩極之間的無數微妙地帶。此套奇幻小說所再現的事物，是渾然互涉的陰陽魔力，也是比現實更真切的「真實」。

——洪凌，作家

勒瑰恩是科幻小說界的重量級作家之一。她的這部作品同時具有經典及入門的意義，值得細細品讀。

——廖咸浩，台大外文系教授

同樣寫巫師、談法術、論人性，看「哈利波特」乃知其然，而讀「地海傳說」則知其所以然。「地海傳說」情節緊湊，意喻深玄悠遠，揉揉東方哲思，兼及譯文流暢，讀來彷入武俠之境，令人沈陷迴盪。這部二十世紀美國青少年幻想小說經典作品，你不能擦身而過。

——劉鳳芯，中興大學外文系副教授

地海世界的奇幻之旅，在無限的想像力中蘊含深意，只要你還保有童心，都應該先睹為快！

——幾米，繪本作家

關於事物的精確真言，必同步投影出其所未言。勒瑰恩透過地海世界的傳奇言說，投影出榮格與道家的思想神髓，引領我們重新思考自然、想像、年齡與個體轉化的形變過程。當代讀者的冥思之海中，將因地海傳奇而重塑勇氣、正義的形象，感受語言魔力與俗民神話的力量。

——龔卓軍，南藝大造形藝術所副教授

勒瑰恩在這部優異的三部曲中創造了充滿龍與魔法的「地海世界」，已然取代托爾金的「中土」，成為異世界冒險的最佳場所。

——倫敦週日時報

一如所有偉大的小說家，娥蘇拉．勒瑰恩創造的幻想世界重建了我們自身，釋放了心靈。

——波士頓全球報

她的人物複雜，令人難忘；文筆以堅韌優雅著稱。

——時代雜誌

「地海」的魔法乃作者本身魔力的隱喻……勒瑰恩填補地海歷史空缺的手法，令已熟悉地海世界的讀者感到欣喜；初次接觸地海的讀者則發現，儘管書中人物似乎只是面對個人衝突，其抉擇往往影響整個世界的命運……令人難忘。

——紐約時報（《地海故事集》推薦）

【推薦導讀】

如何知曉海中每一滴水的真名？

幾年前我應邀到柏克萊大學演講，安德魯・瓊斯（Andrew F. Jones）教授與台灣的研究生楊子樵，帶著我到舊金山灣的秘境散步。那是一處填海造陸所形成的小半島，被當地人暱稱為"bulb"。海邊住著一些「無家者」和藝術家，他們用撿來的材料搭建簡易房舍，並以廢棄物創作。我們看著和太平洋截然不同的水色，幾隻帶著金屬感的綠色蜂鳥在花叢穿梭，灘地上鷸鳥和鴴鳥成群覓食，冠鷺鷥悠然划水而過。突然間不知道是誰喊了一聲，我們順勢望去，一隻加州海獺游過眼前。在那一刻，我想起入口處有一個簡陋的石牌，用油漆寫著library，箭頭像是指向這片海灘，也像是指向大海。

瓊斯教授本身是研究中國與臺灣流行音樂的專家，談天中提到日前邀請了長期為客家歌手林生祥作詞的鍾永豐先生演講，當時帶他一起去見了一位小說家。這位小說家正是當代奇幻、科幻文學大家勒瑰恩（Ursula K. Le Guin）。後來直到我見到鍾永豐，才知道勒瑰恩的詩也深深影響了他的創作。去年臺灣樂壇極精彩的一張專輯《圍庄》，其中〈慢〉的歌詞，靈感就是來自勒瑰恩的詩句。勒瑰恩的詩在台灣雖沒有翻譯，但她本來在我心目中就是一位詩人。能把幻奇小說寫得詩意且具有高度哲理，當世作家能與之比肩的只有少數幾人。不久之後我的版權代理人譚光磊先生傳來勒瑰恩在plurk上評論了我的小說《複眼人》，我看著這位以作品導航我的作者所寫的字句，眼前又再次出現當日舊金山灣的美麗景象。

由於自己也寫作近似科幻或奇幻的作品，常有讀者會問及兩者的差別何在？事實上不僅是中文存在著翻譯上的差異，在其它語文的國度，向來也存在著不同的意見與立場。

東華大學英美系的陳鏡羽教授曾在〈幻奇文學初窺〉裡提到英、法語在相關用詞的互譯。她認為「fantastic literature」（Phantastischen Literatur）與「literature of the fantastic」（littérature fantastique）在考量發音、歷史與文類等理由下，應該譯為「幻奇文學」，而臺灣書市常用的「奇幻文學」對應的是"fantasy literature"。

隨著時代流轉更迭，近年法國學界提出的專有名詞"la littérature de l'imaginaire"，指涉的是較廣義的「幻奇文學」，它包含了：奇幻（Fantasy）、恐怖（Fantastique）與科幻（Science-Fiction）三種次文類（最廣義的幻奇文學也包含魔幻寫實小說）。陳鏡羽教授說，法文「l'imaginaire」，多譯為「the imaginary」，意指虛幻的、非真實的想像或幻想。但翻成中文就麻煩許多，因為如果譯為「想像」，會和「imagination」造成混淆；但若譯成「虛幻想像」又有可能被誤解幻奇小說是「不合邏輯」（illogical）的。但好的幻奇文學並不是不合邏輯，而是它會建立一個特定或與真實世界交疊的時空，在那裡，自有專屬的運作邏輯。

時至今日，人類創造出的l'imaginaire，已不再限於文字作品，而是遍及詩歌、戲劇、電影、漫畫、電視、電子遊戲中。那被造出的各種異世界（如納尼亞、金剛、地心、太空）與異生命（如吸血鬼、僵屍、精靈、外星人……），正如托爾金在他的〈論仙境故事〉（"On Fairy-Stories"）裡提到的，存在著奇幻（Fantasy）、再發現（Recovery）、脫逃（Escape）與慰藉（Consolation）四大元素。創作者以人類心靈創造出各式各樣的外宇宙，最終要呈現的是心靈這個內宇宙。

與現在臺灣一般出版會把「奇幻」當成一種通俗文類來思考不同，西方的幻奇文學論述者，會從古老的文學傳統談起。包括阿普列尤斯（Lucius Apuleius）、歌德、王爾德、卡夫卡，都曾寫過幻奇文學。因此，陳鏡羽教授說，幻奇文學的討論是「立足於詩學修辭傳統，來探討幻奇敘事與想像的文學性及其詮釋學目的性和語文的歷史性」。透過這個過程，得以窺伺「跨語言文化虛幻想像的美學，與再現神話創造的共通性」。

其中法籍理論家托多洛夫（Tzvetan Todorov）的說法影響了許多人對幻奇文學的定義，他認為幻奇文學會讓主人翁在「超自然」以及「理性」之間產生猶疑，讀者也會在閱讀時，猶豫於小說裡所描述的現象，究竟是出自神怪？還是怪異卻只是一時難以理性解釋的自然現象？也就是說，作者以各種迷人、奇巧的「幻奇修辭」修辭與敘事，造成了讀者閱讀時恍惚狀態，才得以產生獨特的「幻奇美學」，以及那些存活於文字裡，讓我們不可自拔的「第二自然」（Artificial Nature）。

娥蘇拉・勒瑰恩在世界文壇的地位不只建立在通俗小說上，也立足於「詩學修辭傳統」，以及她無與倫比的「幻奇修辭」與「跨文化的想像」中。那個獨特、專屬於勒瑰恩的文本第二自然，既立足於科幻陸地，也根植於奇幻之海。

一九六九年勒瑰恩以《黑暗的左手》（*The Left Hand of Darkness*）獲得星雲獎與雨果獎，這本科幻小說透過格森（Gethen）這個星球裡兩個國度的爭戰，展現了一個奇異冰原世界的故事，直到現在都仍被視為以科幻討論性別意識的重要文本——因為格森星人是一種「無性別」，或者說「跨性別」的生命體，因此他們的文化與社會制度自然也就與我們認知的大相逕庭。

這本傑作和《一無所有》（*The Dispossessed*, 1974），以及《世界的名字是森林》（*The Word for World Is Forest*, 1976）等系列作品，都與「伊庫盟」（Ekumen）這個虛構的星際聯盟組織有關。在短篇小說集《世界誕生之日》（*The Birthday of the World*, 2002）的序裡，勒瑰恩自己說明了這個字是她在父親的人類學書籍裡所遇到的一個希臘字彙「oikumene」，意思是「不同教派的合一體」（in ecumenical）。她以數本中長篇小說與短篇小說的聯綴，建立了一個隱隱相聯結的世界。這是勒瑰恩的努力——用自己一生創作的時間，來對應一個更大時間跨度的故事星雲。這是長時間勉力經營，不斷補遺上個故事空缺，承接前行敘事線索的寫作方式。

與那個太空航行、烏托邦社會、星際戰爭的世界不同，從一九六八年起的「地海系列」，則是一個由法師、術士、龍與神的子民共存的奇幻世界。從《地海巫師》（1968）開始，直到二〇〇一年出版的《地海奇風》與《地海故事集》，創作時間長達三十餘年，地海群島典故繁多，傳說千絲萬縷卻齊整細膩，沒有一條線索未收拾妥切。與「伊庫盟」系列不同的是，這裡的人物彼此相倚，互為情人、師徒、仇敵……，它雖然「奇幻」，卻不是在遠方的星際間穿梭，而是伸手觸摸可得似的。法師們似乎就在我們生活的某處，開啟一道沒有人知道的暗門進入的時空裡，而不是幾千光年以外。

在這一系列故事裡，我們看到「雀鷹」格得如何面對「黑影」成長為法師、「被食者阿兒哈」如何以勇氣讓自己自由而恢復為「恬娜」；我們目睹了英拉德王子「亞刃」追隨格得去尋覓世界失序的秘密，和龍族族女「瑟魯」一同渡過逐步了解自己身世的時光，並且親見術士「赤楊」與格得等人聯手修補遠祖犯下的錯誤……。地海故事就像一部奇幻史書，裡頭每一個人的來歷如此清楚徵信，且都不是天生的異能英雄，而是靠著修煉與人生經驗換取成長。

學者在論及勒瑰恩的作品，往往都聚焦於性別與烏托邦及反烏托邦寓意。但近年漸漸有學者發現，勒瑰恩作品無論是科幻奇幻，毫無例外充滿了細緻的自然環境描寫，即使故事發生在遙遠的異星。

蔡淑芬教授曾寫過一篇題為〈深層生態學的綠色言說：勒瑰恩奇幻小說中的虛擬奇觀和環境想像〉的論文，探討勒瑰恩幾部小說裡的環境描述（她舉的例子部分學者會歸納為科幻小說），以生態批評來切入勒瑰恩小說，發掘裡頭充滿了綠色生態哲學。她說勒瑰恩的小說雖然套用外太空之旅的套路，但卻與高科技戰爭或異形入侵的「刺激、懸疑、動作」小說大異其趣，勒瑰恩描繪的異境是她「對自然的觀察、歷史事實的重組，以及對文明的觀察」。這一點都沒錯。特別是對「自然的觀察」這部分，勒瑰恩顯然是一位具備生物、生態知識，並且常以此做為隱喻的寫作者。

在勒瑰恩的巫師術士的奇幻世界裡，施法者必須知道施法對象的「真名」。但這些事物本然「賦名」卻與讀者所處的世界並無差異……或許勒瑰恩的意思是，在我們現今所知的「名字」背後，萬物另有其存在的真意。

比方說青年格得冒險所乘坐的船原名為「三趾鷸」，這是被他治好白內障的老船主贈送給他的。不過老船主希望他將船改名為「瞻遠」，並在船首兩側畫上眼睛，彷彿一隻海上飛行的鳥。老船主說，如此一來：「我的感激就會透過那雙眼睛，為你留意海面下的岩石和暗礁。因為在你讓我重見光明以前，我都忘了這世界有多明亮。」

而法術雖然能造風、求雨、召喚雲霧，卻沒辦法造出讓人吃得飽的東西，因為真正承載萬物的是生物循環，是無機體、有機體共構的生態系，不是幻術。在《地海巫師》裡，學藝的格得曾問專門教導技藝的「手師傅」，要如何把從石頭變出的鑽石維持住？老師傅回答他說：「它是柔克島製造出來的一小顆石頭，也是一小撮可以讓人類在上頭生活的乾泥上。但它就是它自身，是天地的一部分。藉由幻術的變換，你可以使『拓』（石頭的真名）看起來像鑽石、或是花、蒼蠅、眼睛、火焰」，但這都只是「形似」而已，物的本質並未被改變。另一位「變換師傅」雖然擁有將物變換為另一物的能力，這法門卻不能隨意使用，因為「即使只是一樣物品、一顆小卵石、一粒小砂子，也千萬不要變換。宇宙是平衡的，處在『一體至衡』的狀態。一塊石頭本身就是好的東西。」這裡頭不僅有微言大義，也充滿了深層生態學與生態中心論述的精神。

而在地海世界裡，施用法術還得依靠知識與語言文字。知識存在於書本（別忘了格得就靠書本而知曉龍的真名），也會隨著經驗、教導與外在現實而改變，法師一生都在找尋事物真正的名字。一片海不只是一片海，它是無數魚族、海岸、海潮、礁石、聲響……的名字所組構成的。唯有通曉這些事物的所有真名，才能領略世界是如何從太古演變至今，而法術也才有施展的可能性。

所以，「欲成為海洋大師，必知曉海中每一滴水的真名。」從太古留下的書籍與繁衍不息的生態世界，即是地海傳說裡的大法師們的「圖書館」與見習處。

在勒瑰恩的作品裡，有一篇收錄在《風的十二方位》（*The Wind's Twelve Quarters*）裡的短篇故事〈比帝國緩慢且遼闊〉（1971），描述一支太空探險隊登陸了編號為「world 4470」的星球。這支隊伍裡有數學家、「硬」科學家（物理、天文、地理）、「軟」科學家（心理學、人類學、生態學），生物家以及一位女性的「協調者」（Coordinator）。最特別的角色是一位童年時曾是自閉症患者的「歐思登先生」（Mr. Osden）。他是因為具有極為強大的「神入能力」（power of empathy），才被派上船的。因為人類對外星生物的形貌一無所知，歐思登的神入能力就像一個生命探測器。

World 4470是一個只有植物，沒有動物的世界，彼處沒有殺戮、沒有心智，只有一片寧靜的沉寂。但一次歐思登在林中被攻擊的事件後，他們開始認為這個星球的所有植物聯構成一個整體，「一個巨大的綠色思維」。人類的出現，造成了它們的恐懼，這恐懼就像鏡子一樣，反射回所有人的心底。

這支太空隊伍的組成，不就是一個「人類文明的有機體」？硬科學、軟科學、管理與工作聯構成知識體系各司其職，然而歐思登的神入（或移情）能力，最終才是與陌生文明溝通的關鍵鎖匙。這篇小說的標題“Vaster than empires and more slow”出自英國詩人馬韋爾（Andrew Marvell, 1621-1678）的知名情詩〈致羞赧的情人〉（“To His Coy Mistress”），裡頭有一句是「我植物般的愛會不斷生長／比帝國還要遼闊，還要緩慢（My vegetable love should grow/Vaster than empires, and more slow）。勒瑰恩將這詩句化為故事，讀來動人心魄，也堪稱是理解她小說核心的重要注解。

在勒瑰恩的小說世界裡，對各個星球伸出善意之手的「伊庫盟」（Ekumen）文明存在了數百萬年，背後有一個更古老巨大的宇宙；而地海世界裡的諸島文明雖不知年歲，但絕對遠遠不及大海與大地。自然存在先於任何文明，比任何文明都「還要遼闊，還要緩慢」，至今仍以無意識的「愛」包裹眾生。

當科學不斷拓展它的領地，真正的科學家，當能更深地領略人類的有限與未知的無限。而真正的作家，也不能再以純粹臆度、感性與「神入」為本，以粗糙的修辭去滿足於膚廓的幻奇了。

勒瑰恩的小說世界，既強調生命對世界的知識理解，也不斷思辨存在的意義，她所展示的是一個連「烏托邦」也充滿歧義的世界。（《一無所有》一書的副標題正是「一個歧義的烏托邦」〔An Ambiguous Utopia〕）閱讀勒瑰恩如同被「變換師父」施咒變成蒼鷹、水族、龍、異星人或遺世者，思想貧弱的作家雖然也可以寫出這般天馬行空的想像，但那些想像卻無法打動歷經世事的讀者。

但勒瑰恩的文字不同，它好像永遠比你要蒼老、世故、天真，而且洞悉人世，那是太古而來的音響，存有知曉海裡的每一滴水不可能被一一喚出真名的智慧。

——本文作者為國立東華大學華文系教授　吳明益

【目錄】

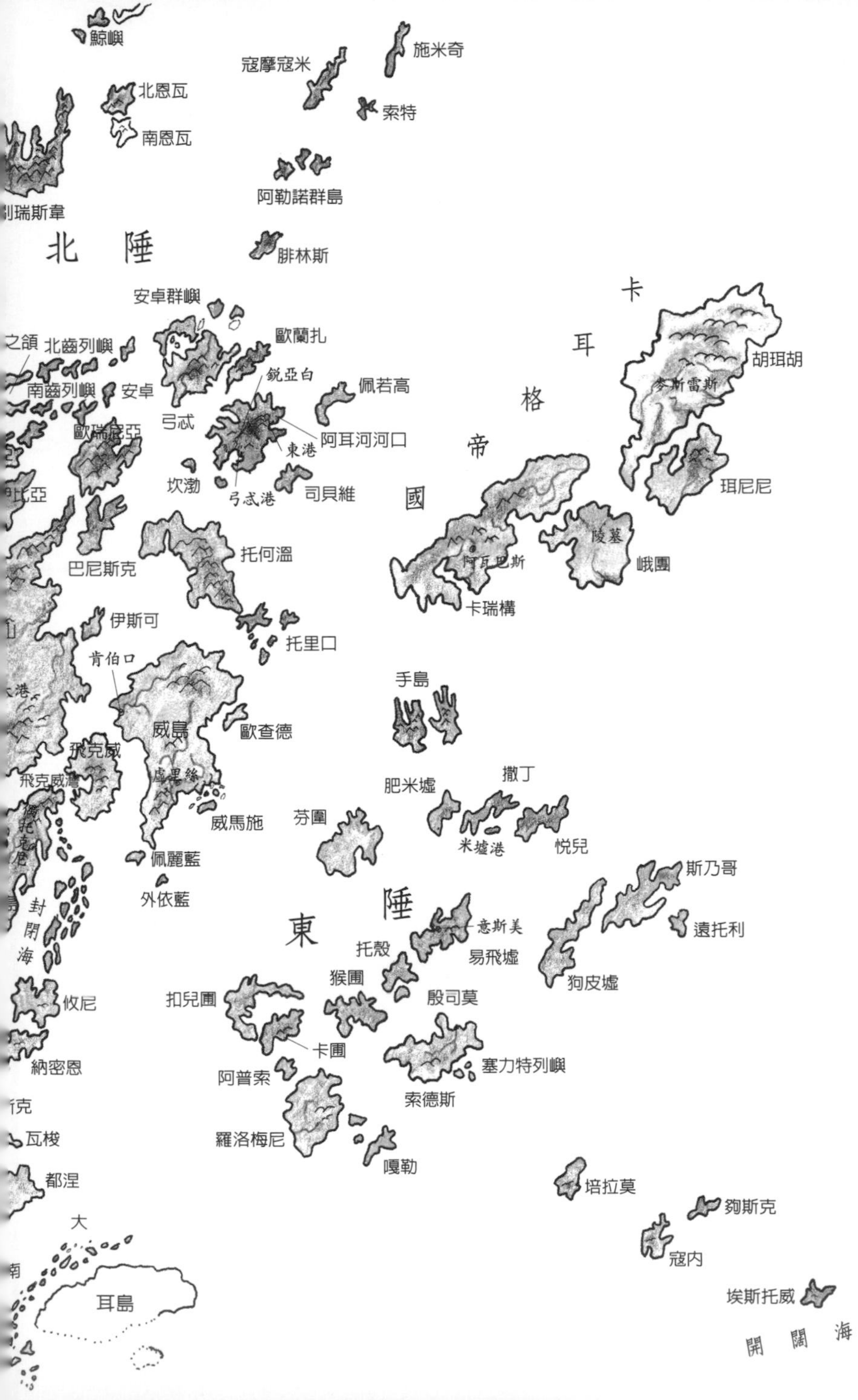
鯨嶼
寇摩寇米
施米奇
北恩瓦
南恩瓦
索特
阿勒諾群島
瑞斯韋
北
陸
腓林斯
卡
耳
格
帝
國
安卓群嶼
之領
北齒列嶼
歐蘭扎
南齒列嶼
安卓
銳亞白
佩若高
胡珥胡
麥斯雷斯
弓忒
阿耳河河口
東港
歐瑞尼亞
坎渤
弓忒港
司貝維
珥尼尼
比亞
陵墓
阿瓦巴斯
峨團
托何溫
巴尼斯克
卡瑞構
伊斯可
托里口
肯伯口
手島
港
歐查德
威島
飛克威
飛克威灣
盧果絲
肥米墟
撒丁
威馬施
芬圍
米墟港
悅兒
佩麗藍
外依藍
斯乃哥
封
閉
海
陸
東
意斯美
遠托利
托殼
易飛墟
猴圍
狗皮墟
扣兒圍
殷司莫
攸尼
卡圍
塞力特列嶼
納密恩
阿普索
索德斯
克
瓦梭
羅洛梅尼
嘎勒
都涅
培拉莫
大
夠斯克
南
寇內
耳島
埃斯托威
開
闊
海

厚堅
博茨
烏扎次
羅格密
梭瑞司克
甌司可
挪斯特
依波司可
突普
德
群
島
拉英
偕梅
道恩
西勒
德黑門
納維墩
偕勒多
歐農
安丹登山
彼西
伊彼西
帕恩
革梅
貝茨
帕
恩
海
法力恩
山脈
婁叟
艾伯恩
烏里
烏西翟洛
黎斯克
耶遜
龍居諸嶼
托
林
峽
印嘎特
昂圖哥
斜辟墟
托寧
下托寧
歐莫
厚斯克
蟠多
奈墟
內極海
西陲
開爾突
九十嶼
卓干
柔克
阿林思
吉斯
綏爾鎮
安絲摩
瑟得
鄰開爾突
法爾突
西姆利
帕迪
霍特鎮
阿巴
瓦梭
節西濟
沙島
洛拔納瑞
歐貝侯
路得
南陲
威勒吉
長砂丘
遠叟
突姆

峨團陵墓
大迷宮
溪河
彩繪室
骸骨室
大寶藏室
巨坑
鐵門
囚鏈室
墓穴
紅岩門
寶座殿内的
活板門

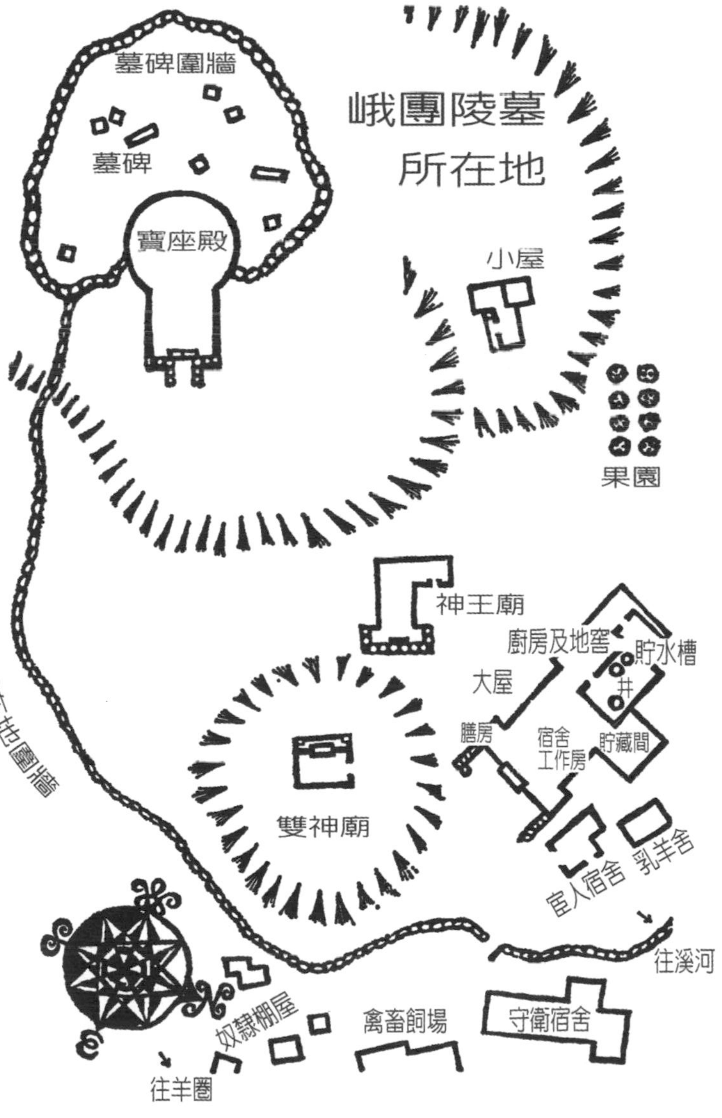

峨團陵墓
所在地
墓碑圍牆
墓碑
寶座殿
小屋
果園
神王廟
廚房及地窖
貯水槽
井
大屋
膳房
宿舍
工作房
貯藏間
雙神廟
宦人宿舍
乳羊舍
往溪河
所在地圍牆
奴隸棚屋
禽畜飼場
守衛宿舍
往羊圈

獻給泰路萊德的紅頭

序幕

「回家了，恬娜！回家了！」

暮光朦朧的深幽山谷裡，蘋果樹含苞待放，躲在陰影中的枝椏群，偶見一朵早開的蘋果花，紅白交呈，宛如一顆幽光微現的星辰。乍被雨水淋濕的濃密新草沿著果樹間的小徑蔓延，小女孩在草地上快活地跑著。她聽見這聲呼喚，沒立即返家，反倒再繞一大圈。母親在小茅屋門邊等候，身後襯著屋內火光，她凝望著蹦蹦跳跳返家的女兒，那小小身影有如樹下漸暗草叢中迎風搖曳的薊花冠毛。

茅屋一角，父親邊清理一枝沾黏泥土的鋤頭，邊說：「幹嘛管那孩子？她們下個月就要來把她帶走，不再回來。乾脆當她死了，進了墳，再也見不著。幹嘛緊守著注定不是妳的東西？她對我們一點用也沒有。要是她們能付點買身資，那她還有些價值，但壓根沒這回事。既然是白白帶走，就甭再費心了。」

母親一言不發，依然注視孩子；孩子半途停下來，仰望果樹縫隙間隱隱約約的天空。高山群樹之上，俗稱黃昏星的金星正散發耀眼光芒。

「她不是我們的孩子。自從她們來這裡說恬娜就是她們要找的『護陵女祭司』

起，她就不再是我們的了。妳為什麼還想不通？」男人的聲音嚴苛無情，滿溢怨氣和酸苦。「妳還有四個孩子，他們會留下來，但這女孩不會。甭替她操心了，隨她去吧！」

「時候一到，」女人說：「我自然會放手。」這時，小女孩光著白皙的小腳丫跑過爛泥地，到家了。母親彎腰抱起女兒，轉身進屋時還低頭親吻她髮梢。女兒的頭髮黑，而她自己的頭髮在搖曳的爐火映照下，看起來是淡色的。

男人赤足站在屋外泥地，腳底起了陣涼意。頭頂上方，明朗的春季天空漸漸暗了。暮色中他滿面悲悽：那是頹唐、沈忿的悲悽，但他自己永遠找不到足以宣洩悲情的字眼。最後他聳聳肩，尾隨妻子進入火光掩映、稚語迴盪的小茅屋。

【第一章】

被食者
The Eaten One

高昂號角聲吹嗚又靜止。劃破此刻寂靜的僅是節奏輕緩如心跳的鼓聲，以及應和鼓聲行進的腳步雜遝聲。寶座殿屋頂的石板和磚瓦有一大片已成排坍塌，時隱時現的斜陽透過屋頂縫隙和缺口射進來。時間是日出過後一個時辰，空氣寧謐而清涼。堆聚於大理石地磚間的雜草枯葉在葉緣結了霜，女祭司們的黑長袍拂掃而過，輕輕發出嗶剝聲。

她們每四人排成一列，從雙排柱間穿過寬廣大廳。單鼓咚咚，無人言語，無人舉目觀顧。著黑裝的女孩手持火把，火炬行經日光照處便顯橙紅，進入昏暗後則益形明亮。寶座殿外的臺階站了些男人，分別擔任衛兵、號手和鼓手。大門內只有女人可以進來，她們全部身著黑袍，頭罩黑帽兜，四個四個一起徐徐步向空盪盪的寶座。

進來兩個高大的女子，也穿黑袍，一個瘦削嚴厲，一個墩肥而步履搖擺。走在這兩人中間的是個女孩，約莫六歲，身穿寬鬆的直筒白袍，露出頭、雙臂和雙腿，沒穿鞋，看起來纖小異常。三人走到寶座前的臺階下，稍早進來的黑袍女祭司已在那裡列隊等候。這兩個高個兒女子停步後，將女孩向前輕推。

由屋頂暗處延伸下來的大片黑暗好像變成幾塊大黑網，把高臺寶座的兩側圍了起來。究竟它們真的是圍幕，或僅是濃密的暗影，肉眼無法明確判斷。寶座本身是黑色的，椅臂和靠背鑲有寶石或黃金，發出若隱若現的光芒。這寶座奇大無比，一個大男人坐上去也會變成侏儒，可見這並非凡人尺寸。座中無人，只有一團黑暗。

寶座前的紅紋大理石臺階共七級。小女孩單獨爬上臺階，這些臺階又寬又高，她必須兩腳都踏上一階後，才能再爬另一階。她爬到第四級後停步，這級臺階剛好是七級臺階的中間一級，階上正對寶座處豎立了一根粗壯的大木塊，頂端挖空。小女孩雙膝跪下，俯首微側，把頭放進那個頂端空穴後，靜跪不動。

寶座右側暗處突然步出一個身影，朝小女孩靜跪的臺階大步逼近。他頭戴白色面具，身穿束腰白羊毛長袍，手持一支五呎長的閃亮鋼劍。他沒有說話，也沒有遲疑，馬上兩手合執長劍在小女孩脖子上方揮動。鼓聲暫歇。

劍鋒揮到最高處靜止時，一個身著黑衣的人影由寶座左側蹦出來，躍下階梯，以較為細瘦的臂膀阻擋獻祭者持劍的雙臂。長劍的鋒刃在半空中閃閃發光。小女孩的白色頸背裸露著，黑髮由頸背處分為兩股垂下。兩個不見容貌、宛如舞者的黑白人影，在靜跪不動的小女孩上方對峙片刻。

四周寂靜無聲。接著，這兩個人影向兩側一躍，爬回階梯，消失在大寶座後的黑暗中。一名持碗的女祭司上前，將碗中液體傾灑在小女孩靜跪的臺階旁。在大殿內的昏暗光線下，污漬看起來是黑色的。

小女孩站起來，吃力地爬下四級臺階。等她在臺階下方立定站妥，那兩名高個子女祭司便為她穿上黑袍，拉起黑帽兜，披上黑斗篷，再推她轉身面向臺階、黑污漬及寶座。

「啊，謹奉獻此女童，請累世無名者細察。確然乎，此女童為累世無名者所由生。請接納此女童之生命與畢生歲月，因其生命與生年均為累世無名者所有。請考察批准。請讓她被食盡！」

與號角聲同樣高昂刺耳的人聲回應道：「她被食盡！她被食盡！」

小女孩從她的黑帽兜裡注視寶座。鑲嵌在巨大爪雕椅臂和椅背上的珠寶均已蒙塵；雕花椅背有蛛網攀結，還有貓頭鷹屙白糞。寶座正前方那三級較高的臺階，也就是她剛才跪立處以上，從不曾有凡人的塵腳踩踏過，累積的塵沙厚如一塊灰土層，這經年累月、甚至數世紀之久未受攪動、未經涉足的塵土，完全掩蓋了紅紋大理石面。

「她被食盡！她被食盡！」

這時，鼓聲突然再度敲響，節奏加速。

寶座臺階前的隊伍緩緩轉身離開，默然朝東步向遠處明亮的大門廊。兩旁狀似巨獸小腿的粗大雙白柱，往上直伸向天花板暗處。小女孩夾在同樣都穿黑袍的女祭司群中，赤裸的小腳莊重地踩過結霜的雜草和冰涼的石板。陽光斜穿過破屋頂，照亮她前方的走道，但她沒有仰頭。

守衛大開殿門，黑壓壓的隊伍魚貫而出，步入稀薄的晨光和涼風中。刺目初日懸浮在東邊那一大片無垠曠野的上方，將金黃光芒投射在西側的連綿峰巒和寶座殿的正面。和寶座殿同在一個山坡面的建築，由於位置較低，都還籠罩在紫藍色暗影中，惟獨山道對面小圓丘上的孿生兄弟雙神殿，因殿頂新塗金彩未幾，正反射日光而熠熠生輝。四人並列的女祭司黑色隊伍沿陵墓山丘的坡道迤邐下行，邊走邊輕聲誦唱。她們的誦唱只有三個音，不斷反覆，至於誦詞早因年代古老而失去意義；好比道路不見，路標仍存。她們反覆誦唱著空洞字眼，「第一女祭司再造典禮」這一整天，也就如此這般充塞著女音低唱，充塞著乾澀而吟誦不止的嗡嗡聲。

小女孩被帶領著走過一個房間又一個房間，一座廟宇又一座廟宇。在一個地方，有人把鹽放在她舌上；另一個地方，她朝西跪下，長髮被剪短，用油膏潤洗，再灑以醋水；又一個地方，她面朝下躺在一座祭壇後方的大塊黑色大理石板上，聽聞高昂人聲大唱輓歌。一整天，她和所有女祭司均沒進食，滴水未沾。黃昏星亮起來時，小女孩被安頓上床，全身赤裸，只裹了幾塊羊皮毯。她不曾在這房間就寢過。這房間位於一棟閉鎖多年、典禮當天才開鎖的房子裡；房屋挑高，縱向狹長，沒有半扇窗戶，瀰漫一股凝滯而陳腐的死味。女祭司們未發一語，把她單獨留在黑漆漆的房裡。

小女孩被安置好後，就一直照原樣靜躺著，始終沒有改變姿勢。她兩眼大張，就這樣躺了好久。

她看見高牆有光影晃動，有人悄悄沿走廊而來，搗著燈心草蠟燭，外洩的燭光頂多只像一隻螢火蟲的螢光。接著，她聽見一個人沙啞的低語：「呵，妳在哪，恬娜？」

小女孩沒有回答。

一顆頭由門口探進來。一顆奇怪的頭，沒有頭髮，看來像一粒剝皮馬鈴薯，顏色也似剝皮馬鈴薯那種淡黃色；眼睛則像馬鈴薯的芽眼，小小的，土棕色；鼻子夾在兩片大而平的臉頰中間，顯得非常小；嘴巴像是沒有嘴唇的細縫。小女孩一動也不動地呆望這張臉，那雙深色大眼睛仍然動也不動。

「呵，恬娜，我的小寶貝，總算找到妳了！」聲音沙啞，聲線雖像女聲卻不是女人的聲音。「我不應該來這裡，我頂多只能走到門外的玄關，但我得來瞧瞧我的小恬娜經過這冗長的一天後情況怎麼樣了。嗳，我可憐的小寶貝還好嗎？」

他魁梧的身形靜悄悄移向小女孩，邊走邊伸出手，好像要梳理女孩的頭髮。

「我已經不是恬娜了。」小女孩說著，依舊瞪著他。他的手在半途停住，沒碰女孩。

「我曉得，我曉得！」他說。過一會兒又小聲說：「我曉得。現在妳是小小被食者。但我……」

她沒說什麼。

「對小孩而言，這是辛苦的一天。」男人說著在房內踱步，淡黃色大手所執燭火隨之晃動。

「馬南，你不應該進到這屋子裡來。」

「對，對，我知道。我不應該進這屋子。唔，晚安，小……晚安。」

小女孩沒說什麼。馬南緩緩轉身離開，高牆上的燭光消逝。不再擁有名字，只餘「被食者阿兒哈」之稱的這個小女孩，獨自仰躺著凝視黑暗。

【第二章】

圍牆
The Wall Around the Place

小女孩日漸長大，漸漸失去對母親的記憶而不自知。她該當在這裡，在這個陵墓所在地；她從來都是這裡的人。只有在七月的漫長黃昏，當她望著西側的連綿山峰在日落餘暉中呈現乾枯的獅子黃，才會偶爾想起好久以前某處爐火也呈現相同的黃光。她想到這兒時，總會順帶憶起自己被擁抱的片刻，那是種奇怪的感覺，她在這兒裡連被碰觸都很少。她還會想起一種令人愉悅的氣味，是頭髮洗完後用洋蘇葉水潤滑過的香氣，而那記憶中的髮絲很長，髮色和日落霞光、爐火焰色相仿。留在她記憶中的僅是這些。

當然，她知道的事多於記得的事，因為有人告訴她這整個故事。七、八歲時，她開始納悶這個叫做「阿兒哈」的人到底是誰，她跑去找她的管護馬南，說道：「馬南，告訴我當初我是怎麼被揀選的。」

「噢，小人兒，妳早就知道經過啦。」

她確實知道。個子高大、聲音剛硬嚴峻的女祭司薩珥曾告訴她多次，她早就默記在心，現在她就背誦如下：「沒錯，我知道。峨團陵墓的『第一女祭司』仙逝，葬禮和淨禮分別在陰曆時間一個月內舉行完畢。之後，陵墓所在地幾位特定的女祭司和管員連袂橫越沙漠，到峨團島各村鎮訪查。她們要找尋第一女祭司去世當夜出生的女嬰。找到後，她們會先花點時間觀察：這女嬰必須身心健全，成長期間也不得羅患傴僂、天花或其餘致殘或致盲疾病。一直到五歲年紀，如果始終無疾無瑕，就表示這孩子的身體確實是已逝女祭司的新身體。她們會把這結果向常駐阿瓦巴斯的『神王』報告，接著便將孩子帶回她的殿堂這裡，受教一年。一年結束，小孩被帶去寶座殿，屆時她的名字會送還給她的眾主母，也就是『累世無名者』，因為這小女孩就是『在世無名者』，也是『轉世女祭司』。」

以上就是薩珥告訴她的，一字不差，但她從不敢多問。這位瘦削的女祭司並非殘酷無情，只是非常冷淡，一舉一動嚴遵戒規，阿兒哈怕她。但阿兒哈不怕馬南，非但一點也不怕，她甚至還會命令他：「現在告訴我，當初我是怎麼被揀選的！」他就會再告訴她一遍。

「我們在月亮回盈後第三天離開這裡，前往北方和西方探訪，因為已故阿兒哈是在前一次月亮回盈第三天去世的。我們第一站到鐵拿克拔，那是座大城，雖然有人說，鐵拿克拔比起阿瓦巴斯，有如跳蚤之於大牛，但對我而言，它實在夠大了，那城裡想必有一千棟房子！接著我們到嘎爾。但這兩座城市都沒有前一次月亮回盈第三天出生的女嬰。男嬰倒是有，但男嬰不行……所以我們轉向嘎爾北邊的山鄉村鎮，也就是我自己的家鄉。我是在那邊的山區出世，那兒溪河潺流、土地青綠，不像這裡的沙漠。」

馬南說到這裡，沙啞的聲音裡總會多些怪音調，一雙小眼睛會全部藏進眼皮裡；他停頓一會才又繼續說：「就是這樣，我們找出前一個月有新生嬰兒的人家，與嬰兒的父母談話。有的人會撒謊說：『是啊，我們的女孩確實是上個月月亮回盈第三天出世的！』妳知道，窮困的鄉下人通常很樂意把女嬰送走。但有些人家窮哈哈孤伶伶住在山區谷地陋屋中，從不算日子，也不太注意月亮回盈的時間，所以根本無法確定他們的女嬰到底多大。碰到這種情形，只要詢問得夠久，我們總能問出真相，只是耗費時間罷了。最後，我們在恩塔特西方的果園谷，一個十戶人家的小村子，找到一名女嬰。

當時她八個月大，我們剛好也外出查訪了大約那麼久。那女嬰是在護陵女祭司去世那一夜出生的，而且就在同一個時辰。她是個健康的女嬰，我們一行人像蝙蝠群湧入巢穴似的擠進那只有一間房的小屋時，她就坐在母親膝上，用明亮的眼睛盯著我們大家。女嬰的父親是個窮人，平日以照料富人果園的蘋果樹維生，除了五個子女和一隻羊以外別無所有，就連房子也不是他的。我們全擠在小屋內，從女祭司們注視女嬰的表情，還有她們彼此間竊竊私語的樣子，可以看出她們認為已經找到轉世女祭司了。女嬰的母親也看得出來，她緊緊抱住嬰孩，始終不發一語。

唔，就這樣，我們第二天再回去找那戶人家。可是，天啊！那個有著明亮大眼的小嬰孩躺在燈心草堆成的小床中哭鬧不止，全身上下布滿熱病引起的腫痕和疹子。母親號哭得比嬰兒更凶：『啊！噢！我的寶貝犯了女巫手指！』她是這麼說的，意思是感染了天花。在我們家鄉，一般人也叫天花為『女巫手指』。然而，現任『神王高等女祭司』的柯琇走向小床抱起嬰孩。其餘人倒退好幾步，我也是。雖然我沒有很看重自己的性命，可是誰會走進一間有人染患天花的房子？但柯琇一點也不怕，至少那一次不怕。她抱起女嬰說：『她沒有發燒。』隨後吐了點唾沫在手指上，開始揉搓嬰孩身上的紅斑點，紅斑一搓就掉了，原來只是莓果汁罷了。那個可憐的笨母親居然想欺瞞我們，保住孩子！」說到這裡，馬南縱聲大笑。他的黃臉孔幾乎沒變化，但肚皮起伏不已。

「她丈夫害怕女祭司因此發怒，就把她痛打了一頓。沒多久，我們就回到沙漠這裡來了，但每年陵墓所在地這裡都會派一個人返回那個環繞著蘋果園的小村子，查看孩子的成長。五年過後，薩珥與柯琇親自前往，同行護送的還有神廟守衛及神王特派的紅甲士兵。他們一行人將小孩帶來這裡，因為她確實是護陵女祭司轉世，是屬於這裡的。小人兒，妳說，那個小孩是誰，呃？」

「是我。」阿兒哈說時兩眼遙望遠處，彷彿要看出她無從得見且不在視野內的什麼東西。

有一回她問：「他們一行人去帶那小孩時，那個……那個母親有什麼反應？」

但馬南不知道，因為最後那次他沒有隨行。

連她自己也不記得了。就算記得，有什麼好處呢？已是過去的事了，都過去了。她已經來到這個她必須來的地方。浩瀚塵世中她只曉得一個地方：就是峨團陵墓所在地。

來此頭一年，她與見習女祭司睡在大寢室，這裡全是些四至十四歲的女孩。即使在當時，馬南便已從十名管員中被單獨指派為她的特別管護；而她的床一直都單獨安放在大寢室的一個凹室裡，與大寢室那個屋梁低矮的狹長主房略微分開。大寢室設在「大屋」裡，大屋是這些女孩睡前嬉鬧及說悄悄話的地方，也是她們在稀薄晨光中邊打呵欠邊互相幫忙編髮辮的地方。等到名字被取走而成為「阿兒哈」以後，她被安排單獨睡在「小屋」內，小屋內的那個房間、那張床，就是她此後一生將睡眠的房間和床鋪。小屋是她個人的，正式名稱叫「第一女祭司之居」，沒有她准許，任何人都不可以擅自入內。當她年紀還很小時，很喜歡聽別人服從地先敲門，由她說：「准你進來。」但柯琇與薩珥這兩位高等女祭司理所當然認為可以獲得她准許，總是不敲門就進房，這點讓她很不高興。

時日與歲月俱推移。陵墓所在地的女孩們把時間全花在上課及受訓，沒有安排任何遊戲，因為沒有時間遊戲。她們必須學聖歌、聖舞、卡耳格帝國歷史，以及她們崇奉的諸神祕蹟，包括統治阿瓦巴斯的神王和孿生兄弟雙神「阿瓦」與「烏羅」。在這麼多女孩中，只有阿兒哈一個人必須額外多學「無名者禮儀」。這門課由一人負責傳授，即「孿生雙神高等女祭司」薩珥。由於這門課，阿兒哈每天必須與別的女孩分開一個時辰或更久，但她與別的女孩一樣，日子大半花在工作上。她們要學編織羊毛絮、要學種植與收成、要學調理日常餐食，比如將玉米磨成粗粉煮成粥，或用細麵粉製作未發酵的麵包，或料理小扁豆、洋蔥、包心菜、山羊乳酪、蘋果、蜂蜜等。

可能碰到最好的事，是獲准去釣魚：帶顆蘋果或玉米涼餅當午餐，走到陵墓所在地東北邊約半哩遠處，那兒有條流經沙漠的深綠色溪河，坐在溪岸的蘆葦叢間，頂著乾燥的陽光，一整天靜看綠水緩流及雲朵投在群山上的陰影變化。但是，有時釣線會抽緊，大力一揮，一條閃閃發亮的扁平魚便落到了河岸，牠蹦跳不停，隨後在空氣中乾斃窒息。這段時間倘若興奮尖叫，梅貝絲就會像條毒蛇般嘶聲道：「安靜！妳這個吱喳亂叫的笨蛋！」梅貝絲平日在神王廟工作，她是個黑皮膚的女子，年紀尚輕，神情卻像黑曜石般堅硬銳利。她熱愛釣魚，妳得討好她，絕對不要出聲，否則她可不會再帶妳出去釣魚。若不能去釣魚，就別想再接近那條河——除非等夏季井水水位變低，而必須去河裡取水。

夏天去河裡取水是累人的差事，得穿過燒灼的白熱氣溫，跋涉半哩遠下山到河邊，汲滿吊桿兩端的兩個桶子，然後以最快速度上山返回陵墓所在地。頭數百碼還算容易，但接下來水桶會越來越沈重，肩上吊桿像根熱鐵棒般灼燒，乾燥的山路陽光刺目，提腳邁步越來越沈緩艱難。最後終於走到大屋後院菜園的陰涼處，把兩桶水嘩啦倒進貯水槽。提完這兩桶，必須再回河邊取水，一次又一次，沒完沒了。

陵墓所在地的範圍內約住了兩百人，但建築不少。先說「所在地」這個名字：「峨團陵墓所在地」僅需這麼簡單稱呼即可，它是卡耳格帝國四島中最古老也最神聖的地區。區域內的建築有：三座廟、大屋、小屋、宦人管員的宿舍，以及緊鄰圍牆外的守衛宿舍、為數不少的奴隸棚屋、倉房、綿羊圈、山羊圈、飼養場等。遠看像座小鎮——倘若從西邊枯乾的連綿峰巒朝這方向看過來。那些山巒可說是寸草不生，只長了洋蘇草、稀疏零落的蔓生線草、小雜草和沙漠藥草等少數幾種植物。若是從遠遠的東邊平原向上望，則可能會見到雙神廟的金黃屋頂在群山下閃耀，有如一大片岩石中的一丁點雲母石。

雙神廟本身是個石造立方塊，塗敷灰泥，有個低矮的門廊和一扇門，沒有窗戶。比雙神廟晚建幾百年的神王廟則耀眼得多，它在山坡的位置比雙神廟低些，但有挑高的柱廊，外加一排柱頭上了色的粗大白柱。每根白柱都是一整根杉木，由盛產林木的胡珥胡島以船運到峨團島，再由二十名奴隸竭力拖越不毛的沙漠平原到達陵墓所在地。從東邊來的旅者看到神王廟的金黃屋頂和亮眼木柱後，就會跟著看見山坡上較前述所有建築還高些的位置，有座與沙漠同樣呈土棕色也同樣荒廢的殿宇：巨大但低矮的寶座殿。它是同類殿宇中最古老的一座，牆壁迭經修補，略嫌平鈍的圓頂也已漸次崩毀。

寶座殿後方，有堵厚重的石牆環繞整片陵墓丘的丘頂，這石牆沒塗抹灰泥，且多處傾頹。石牆內側有好幾塊黑岩石，高度為十八或二十呎，一個個像是由地底竄出來的巨大手指。誰要是見著它們，準會頻頻回顧。它們煞有深意地矗立在那兒，卻不曾聽誰說過它們意味什麼。黑石共計九塊，其中一塊屹立未傾，兩塊全倒，其餘的也或多或少傾斜。石塊表層覆滿了灰橙交雜的苔蘚，看起來好像被人著了色；但其中有一塊沒覆苔蘚，烏黑的色澤隱然發亮，且摸起來滑順無紋。其餘岩石雖披覆苔蘚，仍可約略瞧見或摸出石上刻了些形狀記號。

這九塊黑岩石是峨團陵墓的墓碑。據說，自從太初第一人降世，自從地海創生以來，它們就豎立在這兒。普世諸島由海洋深處舉升而出時，它們就在黑暗中被豎立了。它們比卡耳格帝國的歷代神王年老、比孿生兄弟雙神年邁，甚至比「光」還年長。它們是凡人俗世開始存在以前，歷代不知名統治者的墓碑。既然統治者「無名」，後世服侍的女子也隨之「無名」。

阿兒哈不常去墓碑間走動。墓碑就豎立在寶座殿後方，石牆環繞的山頂，那兒未曾有別人涉足。每年兩次獻祭的儀式都在寶座前進行，日子是在最靠近春分和秋分的月圓日。儀式進行時，阿兒哈會端著一只大黃銅盆，由寶座殿的低矮後門走出來。銅盆裡盛裝的是滾燙冒煙的山羊血，她必須將這些山羊血一半灑在那塊仍然屹立的黑墓碑石腳，另一半灑在已傾的任何一塊墓碑上。那些傾倒的墓碑深嵌在岩塵中，迭經數世紀獻祭羊血之賜而陳垢斑斑。

有時阿兒哈會在清晨時分獨自在黑石間漫步，想弄清楚上頭刻的是什麼，因為此時晨光斜射，岩石上模糊的隆起和凹痕會較為明顯。不然，她就坐在墓碑間仰望西邊群山，俯瞰下方一覽無遺的陵墓所在地建物屋頂和圍牆，觀看大屋與守衛宿舍周圍的第一波晨起騷動，並遙望綿羊和山羊群被驅趕到青草稀疏的河畔。在墓碑區永遠不會有什麼事好做，她之所以去，一方面是由於准許她去，一方面是由於在那兒她可以獨處。那兒其實是個荒涼的地方，即使頂著這沙漠地帶正午的暑熱，那一帶仍然有股陰冷感。有時鄰近的兩塊墓碑間風聲颼颼，就好像兩塊墓碑正倚著彼此在傾吐祕密。但最終沒有說出任何祕密。

另一道較低的石牆從墓碑圍牆的一處延伸出去，這道石牆繞行陵墓所在地全區山丘，呈一長條不規則的半圓，半圓末端朝北伸向溪河，逐漸消失於無。這道石牆起不了什麼保護作用，只是把所在地分隔成兩半，一邊是三座廟宇殿堂、女祭司住房、管員宿舍，另一邊是守衛宿舍和奴隸棚屋。奴隸平日負責所在地一切種植、放牧及飼養工作。守衛和奴隸不曾跨越這道石牆，除非遇上幾個極神聖的慶典，才會有守衛、鼓手、號手等參與女祭司的行列，但他們從不曾踏進神殿大門。此外，沒有別的男人曾涉足所在地的內側土地。以前曾有四島嶼的朝聖者、帝王和族長來此敬拜；一個半世紀前，第一位神王也曾親臨他的神廟制定儀規。但就連他也不能進入墓碑間的地帶，就連他也必須在圍牆外側用餐、就寢。

只要把腳趾踮進岩石罅隙，就能輕易爬上這道矮牆。暮春的某個下午，小小被食者與一個名叫潘姒的女孩就坐在牆頭。兩人都十二歲了，那天下午本應在大屋內一間很大的石閣樓紡織室中，坐在幾架總是扭著清一色黑羊毛的大紡織機旁，織製黑袍需用的黑布。她們藉口到庭院井邊喝水而溜了出來，然後阿兒哈說：「走吧！」便領著那女孩步下山丘，繞到看不見大屋的圍牆邊。兩人爬上去坐在十呎高的牆頭，沒穿鞋的腳放在圍牆外側晃蕩，俯瞰東方和北方延伸不盡的平原。

「真想看看大海。」潘姒說。

「看大海做什麼？」阿兒哈說道，嘴巴邊嚼著從牆頭拔下來的苦味馬利筋梗。這個貧瘠島嶼的花季剛過，所有長得慢、謝得快的沙漠小花，不管是黃是粉是白，都準備結籽了，風中散布著灰白色的細羽毛和傘狀種子，正向地面拋擲巧妙的鉤狀針毬。果園的蘋果樹底下是一地碎花瓣，白色粉色錯雜，但枝椏猶綠——那是所在地方圓數哩內僅有的綠色。由這一頭地平線望到另一頭地平線，除了西邊群山因洋蘇草剛綻放花苞而形成一條銀藍色色帶外，所有一切都是單調的沙漠茶褐色。

「唔，我不知道看海要做什麼，只是想看看不同的東西罷了。這裡永遠一成不變，什麼事也不會發生。」

「每個地方發生的事，都由這裡開始。」阿兒哈說。

「噢，我曉得……但我想看一兩件正在發生的事！」

潘姒微笑著，她是個性情溫和、外貌悅人的女孩。她把腳底放在被太陽晒熱的岩石上搓磨著，一會兒又接著說：「妳知道，我小時候住在海邊。我們村子就在海濱沙丘的正後方，我們不時會到海灘玩耍。記得有一次，遠遠的海上有個船隊經過，那些船看起來像是長了紅翅膀的巨龍，有的船真的有脖子，還有龍頭。它們從峨團島旁駛過，但村長說它們不是卡耳格人的船，而是來自西部那些內環島嶼。村人都跑來看，我猜他們是擔心那些船靠岸登陸。結果那些船只是經過，沒人曉得它們要去哪裡，也許是到卡瑞構島打仗吧。但妳想想看，它們真的是從巫師之島開來的，那些島上的人，膚色髒髒黑黑的，卻能對人施咒，易如反掌。」

「他們施咒對我無效，」阿兒哈語氣凶蠻地說：「這些人我看也不會看一眼。他們全是卑劣可惡的術士。他們居然膽敢那麼靠近這座神聖島嶼航行？」

「噢，我猜有一天神王會征服他們，把他們都變成奴隸。但我還是盼望再看看大海。記得海濱潮汐池裡有一種小型章魚，妳如果對牠們大叫『咘』，牠們會立刻變成白色。瞧，老馬南過來了，他在找妳。」

阿兒哈那位管護兼奴僕正沿著園牆內側慢慢走來。途中，他不時俯身摘拔野生洋蔥，一彎腰就呈現他隆起的駝背。拔完直起腰桿時，他會用那雙遲鈍的土色小眼睛觀望四周。這幾年下來，他長胖不少，髮已禿落的黃色頭皮在陽光下發光。

「我們朝男人區這側滑下去一點。」阿兒哈小聲說著。於是，兩個女孩有如蜥蜴般柔軟地順著石牆往下滑，滑到剛好吊掛在牆頭，但內側瞧不見的位置。她們聽見馬南緩慢的腳步聲走過去。

「呵！呵！馬鈴薯臉！」阿兒哈低聲奚落，聲音輕細如草間微風。

沈重腳步聲中止。「呵，」猶疑不定的聲音說道：「是小人兒嗎？阿兒哈？」

寂靜無聲。

馬南繼續向前。

「呵！哦！馬鈴薯臉！」

「呵！馬鈴薯肚皮！」潘姒也仿照小聲說，但接著嗯哼一聲，努力壓抑笑聲。

「是誰？」

寂靜無聲。

「噢，唔。」宦人歎口氣，徐緩的腳步繼續向前。等他走到山坡坡肩，兩個女孩才爬回牆頭。潘姒因流汗和吃笑而面色紅粉，阿兒哈臉上卻有殘酷之色。

「這個笨老頭，到處跟著我。」

「他不得不跟著妳，」潘姒講理道：「看顧妳是他的工作。」

「看顧我的是那些我服侍的神，我取悅她們；其餘人我誰也不理睬。這些老女人和這些半男人，他們都應該不要管我，我可是『第一女祭司』哪！」

潘姒端詳面前這女孩。「噢，」她柔順道：「噢，我曉得妳是第一女祭司，阿兒哈——」

「既然這樣，他們應該放我自由，不要老是命令我！」

潘姒好一會兒沒說話，只歎口氣，搖晃著圓胖的雙腿，凝望山下廣袤的蒼茫大地。那片大地和緩地向遠方爬升，隱約形成一條綿長的斜坡地平線。

「很快妳就能下達命令了，」潘姒終於平靜地說：「再過兩年，我們十四歲，就不再是小孩。到時候我會進神王廟，對我而言一切照舊。但妳到時候真的會成為第一女祭司，連柯琇與薩珥都得服從妳。」

這位「被食者」沒說什麼。她面容沈靜，黑眉底下的雙眼因承接天色而閃耀微光。

「我們該回去了。」潘姒說。

「不要。」

「但紡織女師傅可能會向薩珥報告，況且馬上就要進行『九頌』了。」

「我要待在這裡，妳也留下。」

「她們不會處罰妳，但會處罰我。」潘姒依舊以一貫的溫和說道。阿兒哈沒回答，潘姒歎口氣留了下來。太陽沈落到漂浮於平原上方的霧氣中，遠方那片緩升坡隱約傳來羊鈴叮噹及小羊咩咩叫聲。陣陣春風乾爽地輕吹，送來甜甜氣味。

等兩個女孩回到大屋，「九頌」已近尾聲。梅貝絲早就看見她們兩人坐在「男人牆」上，已向上司報告。她的上司就是柯琇，神王的高等女祭司。

柯琇鐵著臉，踩著重步，她把兩個女孩叫過來，面孔和聲音都一無表情。她帶領兩人穿過大屋的石造廊道，走出前門，爬上雙神廟的圓丘，在那裡找到雙神廟的高等女祭司薩珥。她和這位高大、冷淡、瘦削得像鹿腿骨的女祭司說了些話。

柯琇對潘娰說：「脫下妳的長袍。」

柯琇用一束蘆葦莖做成的鞭子抽打潘娰，那種鞭子會稍微劃破皮膚。潘娰吞著淚水忍受這頓鞭打。打完後，她被罰回紡織室工作，沒有晚餐吃，就連第二天也不能用餐。「要是妳再被發現爬上那道男人牆，」柯琇說：「處罰可就不會這麼輕。懂嗎，潘娰？」聲音溫和但不善。潘娰答：「懂。」說完趕緊開溜。由於沈重的黑袍摩擦到背上傷口，她一路瑟縮著行走。

阿兒哈一直站在薩珥身邊旁觀這頓鞭打。現在她看著柯琇將鞭子沾染的血污擦抹乾淨。

薩珥對她說：「和別的女孩在外面亂跑、爬牆，讓別人看到非常不合宜。妳是阿兒哈。」

阿兒哈一臉不悅站著，沒有回答。

「妳最好只做妳需要做的事。妳是阿兒哈。」

女孩抬眼注視薩珥的臉好一會兒，接著又凝望柯琇的臉，表情帶有深刻的怨恨和忿怒，看起來很恐怖。但這個瘦削的女祭司不予理會，她身體稍微前傾，幾乎是耳語地再度肯定說道：「**妳是阿兒哈**，已經全部被食盡了，什麼也沒留下。」

句話。

「全部被食盡了。」女孩跟著複述一遍。六歲以來，她這輩子每一天都重複這

薩珥略微點點頭；柯琇一邊把鞭子收好，一邊也略微點點頭。女孩沒有頷首，但認命地轉身離開。

在狹窄陰暗的膳房安靜用完主菜為馬鈴薯與春季洋蔥的晚餐，又把晚間聖詩唱誦完畢，再將聖語安放在各個門上，最後進行簡短的「無言式」，一天工作便告終了。這時，女孩們就能回寢室玩骰子和細棒遊戲，等到唯一一盞燈心草燭火燃盡，她們就躺在床上講悄悄話。阿兒哈卻得獨自穿越所在地的幾處庭院和幾個斜坡，走回她獨自睡眠的小屋，每天都一樣。

晚風宜人。春季星辰濃濃密密在天上閃爍，有如春季草地繁生的一整片小雛菊，也如四月海上的點點漁火。但這女孩沒有草地或海洋的記憶。她沒有仰頭觀星。

「呵，小人兒！」

「馬南。」她淡漠招呼。

巨大的身影在她身旁慢慢拖著腳步，沒頭髮的腦袋瓜映著星光。

「妳有沒有被處罰？」

「我不能被處罰。」

「不能……對……」

「她們不能處罰我。她們不敢。」

他兩隻大手垂下來，站在夜色中成了陰暗的巨大身形。她聞到野生洋蔥，還有他身上那件舊黑袍散發的燈心草氣味與汗味。那件袍子已經綻邊，穿在他身上也嫌太小。

「她們不能碰我，我是阿兒哈。」她尖銳凶猛地說完後，放聲大哭起來。

那兩隻正等著的大手於是合攏起來，輕輕將女孩擁進懷裡，撫摸她綁了辮子的頭髮。「好了，好了，小寶貝，小乖乖……」她聆聽沙啞的低語在他寬深的胸膛中迴振，雙手用力抱緊了他。眼眶裡的淚水雖然很快就止住，但她仍然抱著馬南，好像自己站不住似的。

「可憐的小人兒。」他輕聲說著，抱起這孩子走到她獨睡的小屋門口，然後把她放下。

「現在好些了嗎，小人兒？」

她點頭，轉身進入漆黑的房子。

【第二章】

囚犯
The Prisoners

柯琇的腳步聲沿著小屋走廊傳來，平穩而從容。她出現在阿兒哈的房門口時，高大厚重的身影剛好塞滿門框，她單膝下跪欠腰敬禮，身影隨之縮小，站直後又再度放大。

「女主人。」

「什麼事，柯琇？」

「一直到今天，我被授權照料累世無名者疆域內的某些事務。這些事妳以前都知道，但這一世還沒有記憶。假如妳願意，現在是妳認識、學習並開始負責照料這些事的時候了。」

女孩已經坐在自己那個沒窗戶的房間裡好一陣子，看起來像在冥思，但她其實什麼也沒想，什麼也沒做。聽完柯琇的話後，她那一向高傲的表情好一會兒才起了變化。儘管她極力隱藏，但神色確實與往常不同。她狡黠地問：「去大迷宮？」

「我們不進大迷宮，但得穿越大墓穴。」

柯琇的聲音帶了點可說是懼怕的語調，或是假裝懼怕，想要嚇唬阿兒哈。但女孩緩緩起身，淡然道：「很好。」其實她大喜過望；尾隨神王女祭司的厚重身影前行時，她內心不斷高呼：「終於！終於！終於要見到我自己的疆域了！」

那時她十五歲，在一年多前便已舉行成年禮，從此是個成人，同時開始擁有峨團陵墓第一女祭司的全部權力，成為卡耳格帝國所有高等女祭司中的至尊，甚至連神王本人也不得對她頤指氣使。現今，大家都向她屈膝敬禮，連嚴厲的薩珥和柯琇也不例外。對她說話時，人人恭敬服從。但事事一如既往，沒有改變，也沒新鮮事發生。她的「獻身祝聖典禮」一舉行完畢，日子又變得和往昔般尋常：有羊毛要紡，有黑布要織，有穀子要磨，有禮儀要進行；每天晚上必唱「九頌」，每道門都要祝禱，每年兩次用羊血澆灑墓碑一次，在「空寶座」前跳「黑月之舞」。如此過了整整一年，跟之前每一年沒有兩樣。是否這輩子每年都得這麼過下去？

她內心的厭煩感有時強烈到近似駭怖，緊掐住她喉嚨，感覺就快喘不過氣。不久前，她終於厭煩到一股腦兒說了出來。她心想，再不說出來恐怕會瘋了。她傾吐的對象是馬南。自尊阻止她向別的女孩吐露，謹慎使她沒向年長的女祭司表白。但馬南無足輕重，只是個年高而忠誠的管護，對他說什麼都沒關係。令她驚訝的是，馬南給了她一個答案。

「小人兒，妳曉得，」他說：「很久以前，在我們四島結合成一個帝國以前，在神王統轄我們四島以前，各島嶼都有很多小國王、小親王、小首領等。這些人彼此常起爭端，爭端一起，他們就來峨團陵墓這裡祈求擺平。這些人中有我們峨團島的人，有卡瑞構島的人，有珥尼尼島的人，其至有胡珥胡島的人，大都是首領和親王率領僕從和軍隊同來。他們會請教妳該怎麼辦。妳就會走到『空寶座』前，把累世無名者的意見告訴他們。唔，那是很久以前的事了。之後過了一段時間，『祭司王』開始統治整個卡瑞構島，不久又將峨團島納入統治。最後，神王統治全部四島，並將四島合併成一個帝國，到今天已有四、五代了。也因此，情況有了轉變。現在神王可以自行鎮壓作亂的首領，也可以自行處理爭端。妳應該不難明白，既然是『神』，他就不需要時常來徵詢累世無名者的意見了。」

阿兒哈就此不再想這件事。在這座沙漠之島，在這一成不變的墓碑底下，「時間」是沒有多少意義的，自創世以來，這裡一直用相同的方式過日子。她不習慣思考變動不定的事，比如老方法消逝、新方式興起；從那種角度看事情讓她不舒服。

「神王的力量遠小於我服效的無名者的力量。」她皺著眉說。

「當然……當然……但是，小寶貝，沒有人會向『神』這麼說。當然也不會對『神』的女祭司這麼說。」

迎視馬南閃爍的土色小眼睛，她想到神王高等女祭司柯琇，當下明白了馬南的意思。自她來這兒起，柯琇始終讓她害怕。

「但神王與他的人民都忽略了敬拜陵墓這件事。沒人來敬拜。」

「哦，他有送囚犯來這裡當獻祭品，這事他倒沒馬虎。該敬獻給累世無名者的禮物，他也沒忘記。」

「禮物！他的神廟年年重新粉刷，廟內祭壇有黃金一擔，燃油燈用玫瑰精油！再瞧瞧寶座殿——屋頂破洞、圓頂龜裂，牆上到處是老鼠、貓頭鷹、蝙蝠……但不管怎樣，寶座殿會比神王和他的所有廟堂持久，也會比他之後的諸王持久。寶座殿在他們之前就有了，就算他們全消亡了，寶座殿仍將永遠安在。它是萬事萬物的中心。」

「它是萬事萬物的中心。」

「寶座殿內有財寶。薩珥有時會向我提起，說那些財寶可以裝滿十座神王廟還有剩。它們都是古代留傳下來的黃金和戰利品，至今恐怕有一百代了——誰曉得到底有多久。這些財寶全鎖在地下洞穴和墓室中。她們不肯帶我去看，讓我一等再等。但我知道那是什麼樣子。寶座殿的地下、陵墓所在地全區的地下、我們現在所站處的地底下，有很多貯藏室。這地底下有個巨大的網狀隧道：一座大迷宮。它隱藏在這山丘的地表下，有如一座龐大的黑暗之城，裡面裝滿了黃金、古代英雄的長劍、舊王冠、骨骸、歲月，和寂靜。」

她滔滔不絕彷彿進入恍惚和狂喜之境，馬南注視著她。那張平板的臉孔不太有表情，但總帶著遲鈍謹慎的悲傷，這時他的臉比平常更為悲淒。「沒錯，而且妳是那些財寶的女主人，」他說：「包括寂靜和黑暗。」

「我是女主人沒錯，但她們什麼也不肯讓我看，只准我瞧寶座後面那些地上的房間。她們甚至還沒帶我去看地下疆域的入口，只偶爾稍微提一下。她們把我和我的疆域分離！她們讓我等了又等，為什麼？」

「小人兒，妳年紀還小，而且或許……」馬南以沙啞的男高音說：「或許她們害怕。畢竟那不是她們的疆域，它是妳的；進了那裡面，她們會有危險。世上沒有人不怕累世無名者。」

阿兒哈沒說什麼，但眼睛一亮。馬南又一次指引她看待事情的新方式。對她而言，薩珥與柯琇一直都是嚴酷、冷淡、強大，她從沒想過她們也會害怕。但馬南說得對，她們害怕那些地方，害怕那些力量，而阿兒哈是那力量的化身，也是它們的一員。她們害怕走進那些黑暗的所在，她們擔心被食盡。

現在，她和柯琇一同步下小屋臺階，爬上通往寶座殿的蜿蜒陡徑，就在途中，她回想起自己與馬南的對話，不禁再度驕恣飛揚起來。不管她們帶她去哪裡，不管讓她看什麼，她都不害怕。她曉得自己的路。

在小徑上，走在她身後不遠的柯琇說了話：「我的女主人知道，她的責任之一是獻祭某類囚犯，就是那種身世高貴的罪犯。他們由於褻瀆神聖或背叛，犯了違逆神王的罪行。」

「或是違逆了累世無名者。」阿兒哈說。

「一點也不錯。然而，被食者如果還年幼，讓她承擔這種責任並不適合。但現在，我的女主人不再是小孩了。囚鏈室裡有一批囚犯，是一個月前我們的神王大人從他的城阿瓦巴斯送來的。」

「我竟然不曉得有一批囚犯已經送到。為什麼我不知道？」

「根據陵墓古儀規定，囚犯必須趁暗夜祕密送來。現在請女主人改走沿牆小徑，那是我的女主人得遵循的祕道。」

阿兒哈轉身離開原來的坡路，改為沿著圓頂寶殿後面那座圍出墓碑範界的大石牆前行。這石牆由巨大岩塊砌成，最小的體積也超過一名成年男子，而最大的岩石則有四輪馬車那麼大。雖然未經切削，但緊鄰的岩塊彼此貼合連結得很好。不過，有幾處地方，圍牆高度陡落，只見岩石不成形地堆疊著。那是經歷漫長時間才能辨到的事，是沙漠熾熱的白天與寒凍的夜晚交替千百年後，再加上山巒本身細微的移動所致。

「要翻越這道墓碑圍牆很容易。」阿兒哈沿著牆底下走時說道。

「我們沒有足夠的男人可以來修建傾頹的部分。」柯琇回答。

「但我們有足夠的男人來守衛。」

「只有奴隸。他們不可靠。」

「讓他們害怕就會可靠。如果守衛不周，以至於讓陌生人踏上圍牆內的神聖土地，就判他們與涉足的陌生人相同的刑罰。」

「是什麼刑罰？」柯琇明知故問。很久以前她已告訴阿兒哈答案了。

「在寶座前斬首。」

「派人看守墓碑圍牆是我女主人的意思嗎？」

「是。」女孩回答。黑袍長袖內，她的手指因得意而緊握。她明知柯琇無意分派一名奴隸來看守圍牆，執行這種徒勞的任務，畢竟，會有什麼陌生人到這裡來？無論是無心或刻意，任何人都不可能漫步進入陵墓所在地周圍一哩內的任何地點而不被瞧見；因此，來者肯定也走不到陵墓附近。但是派一名奴隸來此看守，是這堵圍牆應得的榮耀，柯琇無從反對，她必須服從阿兒哈。

「到了。」柯琇淡漠的聲音說道。

阿兒哈止步。過去她常在墓碑圍牆附近走動，所以她清楚這一帶，一如她清楚所在地的每呎土地、每塊岩石、每株荊棘和薊草。現在，她左手邊這道大石牆昂然矗立，是她身高的三倍；右手邊的山巒層層緩降成為一個不毛的低淺山谷，隨即又向西邊群山的山麓爬升。她環顧附近地面，沒看到她不曾見過的事物。

「在那幾塊紅色岩石底下，女主人。」

斜坡幾碼遠的地面露出一處紅色熔岩，熔岩形成一個臺階，或者說形成這山丘的一個小崖壁。阿兒哈往下走向熔岩，站在岩石之前一塊平地上面朝岩石。她這才明白，這些四呎高的紅熔岩看起來像個粗糙的出入口。

「該做什麼呢？」

她很久以前就曉得，像這種神聖地方，除非知道怎麼開門，否則再怎麼嘗試都是徒勞。

「我的女主人保管所有開啟黑暗處所的鑰匙。」

行過成年禮後，她的腰帶上開始配掛一只鐵環，鐵環串連一把小匕首和十三把鑰匙，有的鑰匙長而重，有的輕小如魚鉤。她拎起鐵環，把鑰匙鋪展開來。「那一把。」柯琇指了指鑰匙，然後伸出肥厚的食指，放在兩塊有凹痕的紅熔岩之間一道表面裂縫上。

那把長柄鑰匙是鐵製的，有兩個裝飾片。將它伸入裂縫中，感覺僵澀難動，阿兒哈用兩手合力向左扭轉，總算順暢轉開。

「再來呢？」

「一齊用力——」

她們朝鑰匙孔左邊齊力推動粗糙的岩面，紅岩石的一部分不規則石塊朝內移動，這岩石雖沈重，移動時卻頗為順暢，沒有發出太大的噪音。緊接著一個窄縫出現了，窄縫內漆黑一片。

阿兒哈彎腰入內。

柯琇是大塊頭女子，加上穿了厚重黑袍，得用力擠才能穿過那道窄小入口。她一進到裡邊，馬上背抵石門，很吃力地將它關上。

裡面全然黑暗，沒半絲光線。那團黑暗製造出一股壓迫感，效果一如洞穴內的濕氣逼眼。

她們弓著身子近乎折半，因為這時所站的地方高不及四呎，而且窄小到阿兒哈兩手一摸索，立刻碰到左右兩邊的潮濕岩石。

「妳帶了燭火來沒有？」

她小聲說著，像一般人在黑暗中自動壓低聲音說話那樣。

「沒有。」在她身後的柯琇回答。柯琇也壓低聲量，但話裡帶了種奇異的語調，聽起來好像是在微笑。柯琇從不微笑。阿兒哈心跳加速，血脈在她喉嚨怦然跳動，內心凶暴地對自己說：「這是我的地方，我屬於這裡，我不害怕！」

但外表的她靜默無語。她開步向前。路只有一條，朝下通往山丘內部。柯琇尾隨在後，大口喘著氣，外袍擦拂著岩石和地面。

突然，屋頂變高了，阿兒哈能夠站直身子，往兩旁大張雙手也沒摸到牆壁。原本悶滯帶土味的空氣，現在則感覺陰涼潮濕，空氣微微流動著，帶來些許空曠感。阿兒哈小心地在全然黑暗中向前走了幾步。一顆小石子在她草鞋底下滑觸另一顆小石子，這細微的聲響引起了回音。從回音繁多、微細且遙遠的情形判斷，這洞穴想必深廣寬高，儘管如此卻不是空的：黑暗中一些看不見的物體或分隔物的表面，使一個回音碎為千百個細小回聲。

「這裡一定就是墓碑正下方。」女孩小聲說。她輕微的說話聲在空盪的黑暗中散開，立刻綻裂成宛如蛛網般精細的聲音線，久久不散。

「沒錯，這裡是大墓穴。繼續走，我不能停留在這裡，沿著左牆前進，要經過三個開口。」

柯琇小聲咕噥，細微的回音也隨之咕噥。她在害怕，確實害怕。她不喜歡站在這麼多無名者中間，站在她們的墳墓、她們的洞穴，甚或這無邊的黑暗中。這不是她的地方，她不屬於這裡。

「我應該帶支火炬來。」阿兒哈說著，繼續藉由手指碰觸洞壁導引前進。她驚歎岩石的奇形怪狀，有凹陷，有突起，還有精緻的曲線和邊緣，一會兒像蕾絲般粗糙，一會兒又像黃銅般滑順。這肯定經過雕刻工夫，也許，這整個洞穴是古代雕刻師傅的作品。

「這裡禁止燃燈點火。」柯琇輕聲低語，但口氣嚴厲。阿兒哈剛才雖然那樣說，心裡其實早知道這裡必定禁光。這是黑暗的本家，夜晚的最中心。

她的手指在層層黑暗中拂過這岩洞的三道開口。第四次時，她特別摸摸開口的高度和寬度，才走了進去，柯琇緊隨在後。

這條地道再次緩緩上升，她們略過左手邊一個開口，接著改走右手邊一條支道：這兒是黑漆漆的地下，有的只是地底的深層寂靜，她們一切靠觸覺摸索。走在這種通道中，必須不停伸手觸摸兩側，否則難免會錯過某個必須計算在內的開口，或忽略掉途中岔路。在這裡，觸覺是唯一的指引；雙眼看不見路徑，路徑握在兩手中。

「這裡是大迷宮嗎？」

「不是。這是比較小的隧道網絡，就在寶座正下方。」

「大迷宮的入口在哪裡？」

阿兒哈喜歡這種黑暗中的遊戲，她希望有更大的迷團來考考自己。

「在我們剛才走過的墓穴第二個開口。現在摸看看右手邊有沒有一扇門，一扇木門，說不定我們錯過了——」

阿兒哈聽見柯琇兩隻手擦過粗糙的岩石，在牆上急急探觸。她自己則繼續用指尖輕輕貼著岩石，一下子就感覺到下方有滑順的木質面。她一推，木門吱嘎一聲輕鬆開了。她站在光線中，一時看不見東西。

她們走進一間低矮的大房間，牆壁由劈砍的石塊鋪成，房內照明是掛在一條鏈子上的火炬。由於沒有排煙口，整個房間的空氣充斥火炬煙霧而混濁。阿兒哈的眼睛受到刺激，溢滿淚水。

「囚犯在哪？」

「那邊。」

她好不容易才看出來，房間遠處那三堆東西是三個人。

「這木門沒鎖，有守衛嗎？」

「不需要守衛。」

她猶疑地走進去一點點，瞇起眼睛透過濃密的煙霧探視。每名囚犯的兩個足踝都有鐵鏈銬著，一隻手腕銬在岩石釘著的大環內。要是想躺下，銬住的那隻手臂得懸舉著。囚犯的髮鬚糾結，加上昏暗的陰影，他們的容貌完全看不清楚。這三名囚犯赤身露體，一個半躺，兩個或坐或蹲，身上散發出來的臭味比濃煙更刺鼻。

其中有個人似乎在注視阿兒哈。阿兒哈感覺好像看到那雙眼睛的亮光，但不很確定。另外兩個囚犯沒有移動，連頭也沒抬。

她轉身。「他們已經不是人了。」她說。

「他們從來都不是人。他們是惡魔、獸靈，居然敢圖謀不軌，想取神王神聖的性命！」柯琇的雙眼晶亮，與紅澄澄的火炬相輝映。

阿兒哈再看一眼囚犯。她帶著敬畏與好奇問道：「凡人怎麼可能攻擊神？怎麼辦到的？你，你怎麼敢攻擊一個活神？」

那男人隔著叢叢黑髮盯著她瞧，但絲毫沒應聲。

「從阿瓦巴斯送來以前，他們的舌頭就被割掉了。」柯琇說：「女主人，別跟他們說話，他們是髒東西。他們是妳的，但不要對他們說話，不要注視他們，也別去想他們。他們是送來讓妳奉獻給累世無名者的祭品。」

「要怎麼獻祭他們？」

阿兒哈不再看那三名囚犯，改而面向柯琇，好從柯琇巨大的身軀和冷淡的聲音中吸取力量。她覺得頭昏、煙味和污臭讓她很不舒服，但似乎還能鎮靜思考和說話。獻祭的事，她以前不是做過無數回了嗎？

「護陵女祭司最清楚什麼方式的死亡最能取悅她的主母。方法很多，選擇權在她。」

「讓衛隊長高巴砍了他們的頭，鮮血灑在寶座前。」

「如同獻祭山羊一樣？」柯琇好像在嘲弄阿兒哈缺乏想像力。阿兒哈啞口無言。柯琇繼續說：「還有，高巴是男人，男人不准進入陵墓內黑暗所在，相信女主人還記得這一點吧？男人要是進來，就出不去了……」

「是誰帶這三名囚犯進來這裡的？誰餵他們？」

「在我的神廟效勞的兩名管員，杜比和烏托，他們都是宦人，只要是替累世無名者辦事，就可以進來這裡，就像我一樣。神王的士兵把囚犯綁在圍牆外，由我和兩名管員帶他們從『囚犯門』進來，也就是隱藏在紅熔岩中的那扇門。向來都是這麼辦理的。食物和飲水則從寶座後面一個房間的活板門垂降下來。」

阿兒哈抬頭看。在懸掛火炬的那條鏈子旁，石砌天花板上嵌著一塊方形木板。那個開口非常小，男人不可能從那裡爬出去，但如果從上面降下繩子，三名囚犯中間的那一人只要伸手就可抓到。她再次猛然甩開頭。

「不要再讓管員送食物和飲水來了，也不要再燃火炬。」

柯琇鞠躬領示。「他們死了以後，屍身如何處理？」

「讓杜比和烏托把他們埋在我們剛才走過的那個大洞，也就是陵墓墓穴。」女孩說話的速度逐漸加快，音調也升高。「一切務必在黑暗中進行。我主母會食盡他們的屍身。」

「謹遵囑咐。」

「這樣安排可好，柯琇？」

「這樣安排很好，女主人。」

「那我們走吧。」拔尖語畢，阿兒哈轉身快步走向木門，急忙步出這間囚鏈室，進入黑暗隧道。這片死寂的黑暗完全看不透，毫無一絲光，宛如沒有星光的夜晚那般寧靜宜人。她一投入這片潔淨的黑暗馬上疾步前進，有如泳者縱身入水向前游。柯琇加快速度跟隨，喘著氣拖著步伐，愈來愈落後。阿兒哈一點也沒有遲疑，按照來時路，該略過的略過，該轉彎的轉彎，她繞行空蕩而有回音的墓穴，匍匐爬過最後的長隧道，直達閉鎖的岩石門。她彎身探觸腰間鐵環上的長鑰匙，鑰匙找到了，卻遍尋不著鑰匙孔。她面前這堵看不見的牆沒有半點細孔露出光線。她的手指遍摸石牆想找出鑰匙孔、門閂或門把，但什麼也沒找著。到底鑰匙該插哪兒？她要怎麼出去？

「女主人！」

柯琇氣喘噓噓的叫喚聲被回音放大，在她背後遠處轟隆響起。

「女主人，那扇門沒法從裡面開啟，那兒沒有出路，沒有回頭路。」

阿兒哈背貼岩石，沈默無語。

「阿兒哈！」

「我在這兒。」

「過來！」

她雙手雙膝伏地，如小狗般順著通道爬到柯琇的裙襬邊。

「向右轉，快！我不能在這裡多逗留，這不是我的地方。隨我來。」

阿兒哈站起來，抓著柯琇的長袍。兩人向前行，依循大洞穴右手邊那片有奇特雕刻的石牆走了很長一段，接著在黑暗中進入一個依然漆黑的隘道。她們沿著隧道拾級而上，女孩仍然緊抓柯琇的袍子，而且兩眼閉闔。

有光了，她從眼縫中隱隱約約瞧見紅光。她以為又回到那間有火炬照明、滿是煙味的囚鏈室，也就沒立刻張開眼睛。但這裡的空氣聞起來甜甜乾乾，帶點霉味，這氣味頗為熟悉，而腳下踩著的臺階陡得像梯子。她放開柯琇的袍子，睜開眼，她頭上有一扇打開的活板門。她跟在柯琇之後爬過那道門，進入她熟知的一間房：一間擺了兩只櫃子和一些鐵盒的小石室，它是寶座後面許多房間當中的一間。天光投射在門外走廊上，微弱灰暗。

「那扇『囚犯門』只向地道開啟，不能向外開。這裡是唯一的出口。要是還有別的出入口，就非我所知了，薩珥同樣不知道。倘若真有別的通道，妳必須自己回想，但我認為沒有。」柯琇仍然低聲說話，語氣不懷好意。黑色帽兜裡的胖臉頗為蒼白，又因出汗而顯得濕答答。

「我不記得到這出口要轉幾個彎。」

「我告訴妳，只有一個轉彎。妳一定要記住，下回我不陪妳進去了。那不是我的地方，妳得獨自進去。」

女孩點頭。她注視這個上了年紀的女人，覺得她的面貌看起來好奇怪：雖由於一股好不容易才控制住的恐懼而顯得蒼白，仍流露出勝利的驕色，彷彿是對阿兒哈的軟弱感到幸災樂禍。

「下次我要自己去。」阿兒哈說完，努力想轉身離開柯琇，但只覺雙腿一軟，房間上下顛倒。她昏倒在女祭司腳邊，癱成了一團小黑堆。

「妳會記住的，」柯琇說，她仍大口喘氣，卻靜立不動：「妳會記住的。」

【第四章】

夢與故事

Dreams and Tales

阿兒哈連續數日身體不適。大家當是熱病處理，要麼讓她臥床，要麼讓她坐在小屋門廊上，在和煦的秋陽下仰望西山。她覺得虛弱遲鈍，同一個想法一而再、再而三向她襲來：她為自己昏倒而覺得丟臉。柯琇沒有派人去看守墓碑圍牆，但如今這情況，她可能再也不敢主動開口多問。她一點也不想看見柯琇，甚至永遠也不想再見到她。自己居然昏倒，實在丟臉。

她坐在陽光下，常盤算著下次進入山丘底下的黑暗天地時要如何表現。她也想過好幾次，下一批囚犯送來時，她該如何下令處死他們：方法得更精巧，得更適合空寶座的諸多禮儀。

每晚，她在黑暗中尖叫驚醒：「他們還沒死！他們還垂垂待斃！」

她做了好多夢。夢裡她得動手煮食一大鍋又一大鍋香噴噴的麥粥，煮好後全倒進一個地洞。她還夢見自己手捧著用深口銅碗裝盛的一大碗水，行經黑暗送去給一個口渴的人喝，卻怎麼也沒法走到那人面前。她醒來時發覺自己口渴極了，但她沒起身倒水喝。她兩眼圓睜，清醒地躺在沒有窗戶的房間裡。

一天早晨，潘姒來看她。阿兒哈從門廊上看見她走近小屋，臉上掛著一副悠然自在、無所事事的表情，好像只是剛好散步經過。說不定阿兒哈若未先開口，她可能也不會步上臺階。但阿兒哈感覺孤單，所以開口喚她。

潘姒依照所有靠近護陵女祭司的人必做的那樣屈身為禮，但才行完禮，她就發出「呼！」的一聲，撲通坐在阿兒哈下方的臺階上。這幾年，她長得相當高大圓胖，不管做什麼事，一動就滿臉通紅，現在她就因步行過來而一臉粉紅。

「我聽說妳生病了，替妳省下幾顆蘋果。」她從寬鬆黑袍下變出一個燈心草編的網子，裡面有六到八顆黃透的蘋果。潘姒現在已經獻身服侍神王，在神王廟的柯琇手下做事；但她還不是女祭司，仍和其餘見習生一同上課、做工。「今年輪到帕菩和我挑揀蘋果，我把最好的留下來。她們常常把真正好的拿去晒乾，當然那樣貯存最好，但我覺得實在浪費。妳看，這幾個蘋果漂不漂亮？」

那些蘋果有淡金黃的光滑表皮，蒂頭細枝仍精巧地附著棕色乾葉片，阿兒哈摸著、看著，說：「真是漂亮。」

「吃一個。」潘姒說。

「我現在不吃。妳吃吧。」

基於禮貌，潘姒挑了顆最小的，她馬上很有技巧又頗具興味地啃起來。這蘋果咬來水滋滋的，大約十口，潘姒就啃完了它。

「我可以整天吃個不停，」她說：「我從來沒飽過。真希望我是廚子而不是女祭司。我如果當廚子，一定會比那個老吝嗇鬼娜莎芭煮得好。還有嘛，我一定會把鍋子舔乾淨……噢，妳有沒有聽說慕妮絲的事？她被分派擦亮那些裝玫瑰油的銅壺，妳曉得，就是那種有蓋子的細壺。她以為也要清拭裡面，就手拿一塊布伸進壺口，結果呢，噯，那隻手抽不出來了。她拚命用力抽，手和手腕都腫了。妳曉得，這樣一來可真卡住了。她在宿舍到處跑，邊跑邊大叫：『我的手抽不出來！我的手抽不出來！』妳知道，龐提的耳朵現在已經不行了，他以為是失火，趕緊把別的管員一個個叫嚷出來，想要解救所有見習生。那時烏托正在擠羊奶，他立刻從羊舍跑出來看看究竟出了什麼大事，情急下沒關羊舍門，結果乳羊全跑了出來，湧進庭院，跟龐提、好幾個管員和一大群小女孩撞成一團。一旁慕妮絲揮舞手臂一端的銅壺，漸漸歇斯底里起來。正當大夥兒亂成一團時，柯琇從神廟走下來，口中不停問：『這是怎麼回事？這是怎麼回事？』」

潘姒那張長得還不錯的圓臉，這時裝出一股讓人厭惡的嘲笑意味，雖然完全不像柯琇的冷漠表情，但某部分頗為神似，阿兒哈噴笑之餘，幾乎外帶一份畏懼。

「『這是怎麼回事？這到底是怎麼回事？』柯琇說著。然後——然後，那隻棕色山羊用角牴她——」潘姒笑得不行，淚水在眼裡滾湧：「慕妮絲拿——銅壺——打那隻——羊——」

兩個女孩抱著膝蓋，一邊嗆咳，一邊笑得前翻後仰。

「接著，柯琇轉身，對——那山羊說：『這是怎麼回事？這是怎麼回事？』……」故事結局融在笑聲中不見了。最後，潘姒抹抹眼睛和鼻子，不經心地拿起第二顆蘋果啃起來。

笑得太厲害，讓阿兒哈覺得有點發抖。她勉強恢復鎮靜，過一會兒問道：「潘姒，當年妳是怎麼來這裡的？」

「噢，我是我父母第六個女兒，要把這麼多女兒養到嫁掉，他們實在負擔不起。我七歲那年，他們帶我去神王廟獻身服侍，那是在甌沙華的神王廟，不是所在地這裡。但他們不久後把我送來這裡，我猜可能是那裡的見習女祭司太多了，或者他們以為我會成為一個特別優秀的女祭司吧。但他們可大大看錯了！」潘姒又開朗又悲傷地咬著蘋果。

「妳寧可不要當女祭司嗎？」

「我寧可不？當然嘍！我寧願嫁個養豬漢，寧願住在水溝裡，寧願做任何事都好，也不要一輩子在一個人煙罕至的荒寂沙漠，和一大群女人一同葬送一生！但是乾盼望一點實際用處也沒有，我已經獻身服侍，根本無法脫身了。我只希望下輩子能在阿瓦巴斯當跳舞女郎！我這輩子這麼努力，應該可以獲得那種報酬。」

阿兒哈目不轉睛地低頭凝望潘姒。她不明白。潘姒這會兒就像顆金黃蘋果，圓潤多汁，漂亮好看，阿兒哈覺得自己從沒見過她、沒端詳過她似的。

「對妳而言，神王廟沒有意義嗎？」阿兒哈的語氣帶了點逼問的味道。

潘姒的個性一向順服，容易受人欺負，這一回同樣沒什麼警覺。「噢，我知道妳的那些主母對妳很重要。」她語氣之淡然讓阿兒哈大吃一驚。「但無論如何，這一點講得通，畢竟妳是她們特別的僕人。妳不只是獻身而已，妳的降世出生也特別。但我呢，我該那麼敬畏當今神王或那麼如何如何嗎？就算他住在阿瓦巴斯那座方圓十哩的金頂王宮，他畢竟只是個凡人，五十來歲，還禿了頭——妳可以從所有雕像看出來他禿頭。我敢跟妳打賭，他和別人一樣也得剪腳趾甲。我當然很清楚他也是神，但我的想法是：他死了以後會比現在活著更像神。」

阿兒哈同意潘姒的看法，私底下她也覺得卡耳格帝國這些自封的神聖帝王其實是虛貴、是假神，卻仍然向帝國百姓竊取崇拜，那種崇拜理應只奉獻給真正且永恆的力量。但潘姒的話語底層仍有她不同意且害怕的部分，那對阿兒哈而言是全然嶄新的概念。過去她不了解人與人多麼不同，大家對生命的看法何等懸殊。此刻她覺得好像一抬頭突然看見窗外懸掛了顆全新的行星，一顆巨大而人口眾多的行星，那是個她全然陌生的世界，神在那裡一點分量也沒有。潘姒這種不信神的穩固信念，讓她感到驚嚇。由於驚嚇，她猛烈反彈：

「妳說得對。我的主母很久很久以前就死了，而且她們之中沒有男人……潘姒，妳知道嗎，我可以下令叫妳去陵墓服侍。」她愉快說著，彷彿向她的朋友提供一個更好的選擇。

潘姒臉頰上的粉色頓時消失。

「是的，」她說：「妳可以下令，但我不……我不是擅長那項工作的人。」

「為什麼？」

「我怕黑。」潘姒低聲說。

阿兒哈輕哼一聲以示嘲笑，但她很滿意，她獲得證實。潘姒或許不信神，但她與每個凡人無異，終究畏懼黑暗那份無以名之的力量。

「妳是知道的，除非妳想去，否則我不會下達那種命令。」阿兒哈說。

兩人間有一長段沈默。

「妳越來越像薩珥，」潘姒夢幻般輕聲說著：「謝天謝地妳沒有變得像柯琇！但妳非常堅強。真希望我也那麼堅強，但我只是想吃……」

「繼續吃呀。」阿兒哈說道，感覺優越又有趣。潘姒慢慢把第三顆蘋果咬到見籽。

接踵而來的儀禮需求將阿兒哈從兩天的隱居生活中帶出來。一隻母山羊生了對雙胞胎小羊，由於時令不對，這對小羊按慣例要獻祭給兄弟雙神。這是重要的儀典，第一女祭司必須在場。接著是「黑月之舞」，這種典禮必須在寶座殿進行，先在寶座前一個寬平的青銅盤中燒滾藥草，阿兒哈吸入蒸氣後，開始為不可見的亡者和未生者的精靈跳舞。她舞蹈時，那些精靈在她四周的空中聚集，並隨著她雙腳雙臂的緩慢姿態旋轉。舞蹈同時她也唱歌，但沒人了解歌詞，那是很久以前跟隨薩珥一個音節一個音節死記硬學的。雙排巨柱後的暗處，有合唱女祭司跟著哼唱那些奇怪字詞。殘破殿堂內的空氣也與這些人同聲唱誦，有如殿內擁擠的精靈一次又一次跟著重複唱誦。

阿瓦巴斯的神王沒再送囚犯到陵墓所在地，阿兒哈也漸漸不再夢見那三名囚犯。他們早已死亡，且被埋進低淺的墳塚，就在墓碑底下那個大墓穴內。她鼓足勇氣重回大墓穴。她必須回去：陵墓女祭司必須能無畏地進入她的個人領域，去認識領域內的各個路徑。

頭一回進入活板門頗為辛苦，但沒她擔心的那麼難。她把自己鍛鍊得很好，培養了相當的決心之後就壯膽單獨前往了。可是一進到裡面，發現沒有什麼好害怕時，她險些被嚇一跳。那裡面或許有許多墳墓，可是她看不見：裡面什麼也看不見，漆黑一片，死寂一片。全部就是這樣。

一天又一天，她不斷進去那裡面，但每次總是從寶座殿後面那個房間的活板門進出，一直到她摸熟洞穴中那些有奇怪雕刻的石牆，繼而熟透洞穴的整個迴路，達到「知所未見」的境地。然而，她從不遠離那些石牆，因為若在那空盪盪的大洞穴中亂闖，可能很快就會在黑暗中失去方向感，屆時就算摸索回到牆邊，也不會曉得自己在哪裡。她第一次進去就學到，在那種黑天黑地的所在，頂要緊的是摸清楚已經過了幾處轉彎和開口，以及接下去還有什麼方向的轉彎和開口。這得借重計數才行，因為對摸索的手而言，每個轉彎和開口都一樣。

阿兒哈的記憶力一向訓練良好，這種藉由觸摸和計數而非藉由目視與常識來找路的怪誕招式，一點也難不倒她。她很快就記熟墓穴裡開鑿的所有通道，也就是寶座殿與山丘頂底下那個比較小的隧道網絡。但其中有一條通道她還不曾進去，也就是從紅岩門入口進去的左邊第二條。她知道，一旦誤入那條通道，可能就永遠找不到出來的路。雖然想進去那條通道、想認識大迷宮的渴望一直持續增強，但她壓抑著，必須等到自己先在地面上充分認識它之後，才好進去。

薩珥對大迷宮所知不多，只曉得其中幾個房間的名稱，以及到那些房間所該走或所該略過的一些方向和轉彎。她僅以口頭把這些資料告訴阿兒哈，從不曾在沙地上畫清楚，甚至連用手在空中比劃都不曾。薩珥本人從沒按照那些指引走過一遍，也不曾進入大迷宮。但當阿兒哈問她：「從那扇常開的鐵門要去彩繪室，該走哪條通路？」或「從骸骨室到河邊隧道的通路是怎麼連接的？」等問題時，薩珥會先沈默片刻，接著才背誦很久以前從前世阿兒哈那裡得知的奇怪指引：略過許多岔路、左轉好幾回，如此這般。這些，阿兒哈只要聽過一遍，就像薩珥一樣牢記在心。每晚躺在床上時，她會一邊對自己重述一遍，一邊努力想像那些地方、那些房間、那些轉彎。

薩珥帶阿兒哈去看偵窺孔。偵窺孔可以望向隧道網，數量很多。所在地每棟建築、每座神廟，甚至戶外岩石上都有偵窺孔。這整個地區、甚至所在地圍牆外的地底黑暗中，潛伏著蛛網般的石壁隧道，總長數哩。但這裡的人，只有她、兩位高等女祭司，還有她們三位的專屬僕人：宦人馬南、烏托、杜比，知道他們踩踏的每一步路底下有個隧道網存在。其餘人都只透過模模糊糊的傳聞，曉得陵墓墓碑底下有洞穴或房間一類的東西；但他們沒有人對任何與累世無名者或其聖域有關的事感興趣。或許他們認為知道愈少愈好。當然，阿兒哈的好奇心最強烈，一知道有偵窺孔開向大迷宮，她便想找到那些偵窺孔。然而，那些偵窺孔隱藏得非常好，可能在地板鋪石中，也可能在沙漠地表，她始終一個也沒找著——她甚至沒發現她自己的小屋就有一個偵窺孔，還是薩珥指給她看以後，她才曉得。

早春有一晚，她取了一盞蠟燭燈籠，沒點亮，帶著穿越陵墓墓穴，走到紅岩門那條通道的左邊第二條通道。

她摸黑往下走了約莫三十步，遇到一個開口，她用手去感觸嵌在岩石中的鐵質門框：到目前為止，這是她探險的極限。她穿過那扇鐵門，沿隧道走了很長一段路，感覺通道漸漸向右彎後，才點亮蠟燭觀看四周。這裡准許點燈，因為她已經不在墓穴了。這地方比較不那麼神聖，但或許更為嚇人——這裡是大迷宮。

燭火照亮的小圓內，四周所見盡是粗素的岩石牆壁、岩石拱頂、岩石地板。空氣沈滯不動，不論前方和後方，只見隧道延伸入黑暗。

穿越再穿越，所有隧道長得都一樣。她一直小心計算轉彎數和通道數，還一邊默背薩珥的指示，雖然她已熟得不得了。畢竟在大迷宮裡，一迷路就不可收拾。如果是在大墓穴和它周圍的短通道內迷路，柯琇或薩珥還可能找到她，不然，馬南也會試著找她，她之前帶他去過幾次。而這裡，除了她，她們沒人來過。縱使她們走到墓穴大叫也沒什麼用，因為她是迷失在墓穴半哩外錯綜纏繞的隧道內。她想像聽見回音叫喚她，以及自己如何嘗試去找她們的情況：那回音響遍每條通道，她追尋著，卻反倒更陷入迷陣。由於想像得太生動逼真，她竟以為聽見遠處有人呼喚她名字，不中得停下腳步。結果什麼聲音也沒有。其實，她這麼小心是不至於迷路的，何況這又是她的地盤、她個人的領域。黑暗力量及歷代無名者會引導她的腳步，如同她們會把其餘膽敢闖入陵墓大迷宮的凡人帶往錯誤方向一樣。

這第一次探險，她雖然沒有深入迷宮，但也夠深入了。一股全然孤獨與獨立的確定感，一種奇異、苦澀但快樂的感覺在內心增強，牽引她一次又一次回去，一次比一次走得深入。她去了彩繪室和六叉道，然後循著很長的外圈地道前進，再穿過錯綜複雜的古怪通道，到達骸骨室。

「大迷宮是什麼時候建造的？」她問薩珥。這位嚴厲瘦削的女祭司回答：「女主人，我不知道。沒人曉得。」

「為什麼建造大迷宮？」

「為了收藏陵墓寶物，也為了處罰那些想偷竊寶物的人。」

「我見過的寶物大都藏在寶座殿後面那些房間內，有些藏在寶座殿的地下室。大迷宮裡面會有些什麼東西呢？」

「想。」

「一個更偉大、更古老的寶物。妳想看看嗎？」

「除了妳以外，沒有人可以進入陵墓的大寶藏室。妳可以帶妳的幾名僕人進入大迷宮，但不可以進入大寶藏室。就連馬南也一樣，他一旦進去，黑暗之怒就會醒來，它不會讓大迷宮繼續存在。妳永遠要單獨進入大寶藏室。我曉得大寶藏室在哪裡，十五年前妳臨終時曾告訴我路徑，好讓我在妳重新轉世後轉告妳。我能告訴妳在大迷宮裡該走什麼路，它比彩繪室還過去些；至於這大寶藏室的鑰匙，是妳腰間鐵環所掛的銀色那一把，柄上有個龍形。但妳必須自己去。」

「告訴我通路。」

薩珥告訴她通路，她記住了，一如她記住薩珥告訴她的所有事情。但她沒有去看陵墓的大寶藏室。她隱約覺得自己的意志和知識還不夠完全，所以退卻。也可能是因為她想保留些可期待的事物，這些穿越黑暗的無盡隧道每每止於素樸石牆或蒙塵斗室，保留些神祕感，大為添增吸引力。

畢竟，以前她不就看過了嗎？

每次聽薩珥和柯琇談起她死前見過或說過的事物，她始終覺得古怪。她曉得她確實去世過，然後在舊身體死亡的那時辰轉世到新身體，而且不僅是十五年前那一回而已，五十年前，以及更早之前、再早之前，回溯幾百年，一代復一代，回溯到歲月的原初起點，那時大迷宮才開鑿、墓碑方豎立、首位第一女祭司住在這兒，並在空寶座前舞蹈。她們是一體的，包括所有前世的她和這一世的她。她是第一女祭司，所有凡人都一直重生，但只有她阿兒哈永遠以原本的自己轉世。她已經複習過大迷宮的通路與轉彎數百回，並在最後來到這間隱密的暗室。

有時候，她自以為她記得。她熟透了山丘地底下的黑暗之地，彷彿那不僅是她的領域而是她的家。每次吸進藥草蒸氣跳起黑月之舞時，她會感覺輕飄飄的，身體漸漸不再是她的身體。她舞著彷彿穿越了時空，但無論哪一世，她永遠黑袍光腳，她知道那舞蹈永無休止。

但是每次薩珥說：「妳死前曾告訴我……」聽起來總是怪。

阿兒哈有一次問：「來盜墓的那些人是誰？有人曾來盜墓嗎？」想到強盜，她有絲興奮，但這不太像真實會發生的事。那些強盜是如何祕密潛入所在地呢？這裡一向少有朝聖者來訪，甚至比囚犯更少。偶爾有見習生或奴隸由四島上規模較小的神廟送來，或是某個小團體專程來向某座神廟獻祭黃金或罕見爐香。除此之外就沒有了：沒人意外前來，沒人來做買賣、或觀光、或偷竊。只有身負指示的人才會來所在地。阿兒哈甚至不清楚所在地距離最近的城鎮有多遠，也許二十哩或更遠，而這最近的城鎮不過是個小鎮。守護及防衛所在地的是空曠與孤絕。她想，任何人想橫越環繞這區域的沙漠而不被看見，機率渺小如雪地上的黑羊。

這陣子，只要不在小屋或沒有獨自進入山丘下，她多半與薩珥和柯琇在一起。四月裡一個暴風雨吹襲的寒冷夜晚，她與薩珥、柯琇待在神王廟後柯琇的房間裡，三人圍坐在壁爐旁，爐內燃著燈心草，火光微弱。門外大廳內，馬南和杜比正用細棒和籌碼玩遊戲：往上丟擲一把細棒，然後盡可能用手背接住細棒，看看接了多少根。直到現在，馬南和阿兒哈有時仍偷偷在小屋內院玩這種遊戲。細棒掉落的聲音、輸贏的叫歎聲、爐火輕輕的劈啪聲，是三位女祭司陷入沈默時屋內僅餘的聲響。牆外四面八方觸及的唯有沙漠夜晚的沈寂，間或傳來稀疏但強烈的陣雨嘩啦聲。

「很久以前，很多人來盜墓；但從沒有人成功。」薩珥說。雖然她一向沈默寡言，但偶爾喜歡講講故事，也常借用說故事的方式教導阿兒哈。她這一晚的神色，儼然故事馬上會從她口裡蹦出來。

「怎麼有人那麼大膽？」

「他們就是有膽子，」柯琇說：「因為他們是江湖術士，內環王國的巫師之輩。不過，那是神王統治卡耳格四島以前的事。那時我們不夠強大，巫師常由西邊航行到卡瑞構島和峨團島搶劫沿岸城鎮、掠奪農家，甚至進入聖城阿瓦巴斯。他們說是來屠龍，其實是來盜劫城鎮和神廟。」

「他們當中最出色的英雄會來找我們試劍，」薩珥說：「並施展不敬的法術。但他們當中最出色的一位術士暨龍主卻在這裡遭難。那是很久很久以前的事，但一直到今天，大家都還記得那個故事，而且不只這裡的人記得而已。那個力量強大的術士名叫厄瑞亞拜，他在西方島嶼既是君王，又是巫師。他來到卡耳格，在阿瓦巴斯與幾個叛亂領主結盟，還為了阿瓦巴斯的法規，與中央雙神廟的高等祭司爭鬥起來。他們打了很久，那是一場凡人法術對抗諸神雷電的戰鬥，連神廟也被毀了。最後，高等祭司打斷術士的巫杖，還把他的力量護符碎為兩半，總算打敗了他。厄瑞亞拜潰敗後，連忙逃離阿瓦巴斯，他遠離卡耳格四島，橫越地海，一直逃到極西地區，最後因為力量散失殆盡而慘遭一頭龍殺害。

自從那天起，內環王國的力量和勢力漸漸衰退。那名高等祭司名叫殷特辛，他是塔巴家系的第一人。這個家系此後應驗了預言，做了好幾百年卡瑞構島的祭司王，之後又變成卡耳格帝國的神王。自從殷特辛擔任高等祭司的時代起，卡耳格帝國的力量和勢力日益成長。以前來盜墓的人都是術士巫師，他們為了取回厄瑞亞拜那個破掉的護符，試了一次又一次。但它一直在這裡，當年那位高等祭司把它放在這裡讓我們保管。同樣，他們的骨骸也留在這裡……」薩珥說時，手指她腳下的土地。

「半片護符在這兒。」柯琇說。

「但護符的另一半永遠遺失了。」

「怎麼遺失的？」阿兒哈問。

「殷特辛把他擁有的一半送來存放在陵墓大寶藏室裡，因為那裡可以永保安全。但另一半在厄瑞亞拜手中，他逃亡前交給一個叛亂的小王，就是胡龐地方的索瑞格。我不曉得厄瑞亞拜為什麼這麼做。」

「為了引起爭鬥，為了讓索瑞格感到驕傲。」柯琇說：「他確實達到目的了。等到塔巴家系統治時，索瑞格的後嗣起來反叛。等到第一位神王就任，他們也領軍對抗，因為他們不肯承認他是君王，也不肯承認他是神。索瑞格家族實在是個該受詛咒的家族，現在他們全死光了。」

薩珥點頭。「當今神王的父親『興盛爺』鎮壓了那個胡龐家族，摧毀了他們的宮殿。但大功告成時，那半片護符——自從厄瑞亞拜、殷特辛時代起，索瑞格家族一直保存的半片護符——竟然不翼而飛。沒人知道它的下落。那是一個世代之前的事了。」

「一定被當成垃圾丟棄了，不用懷疑。」柯琇說：「人家說，那個世稱『厄瑞亞拜之環』的護符，外表看起來一點也不像有價值的東西。我詛咒它，也詛咒巫師者流的所有東西！」柯琇往爐火裡吐了口唾沫。

「妳見過存放在這裡的那半片護符嗎？」阿兒哈問薩珥。

這削瘦女子搖頭。「它放在大寶藏室中，除了第一女祭司，沒人能進入大寶藏室。那半片護符可能是大寶藏室所有貯藏品中最了不起的東西。我不清楚到底是不是，但我猜可能是這樣。因為數百年來，內環諸島不斷派送巫師和竊賊來這裡，想把它偷回去，他們都只想要那個破護符，對大開的黃金櫃不屑一顧。現今距離厄瑞亞拜和殷特辛在世的時代已經非常久遠了，但這裡和西邊島嶼的人們都還曉得這段故事，仍然代代傳述。隨著幾百、幾千年過去，許多事物老舊並消失。至今依然被視為珍貴的事物寥寥無幾，能流傳下來的故事也不多。」

阿兒哈沈思片刻後，說：「那些進入陵墓的人若不是十分勇敢，就是蠢得可以。他們不曉得累世無名者的力量嗎？」

「他們不知道。」柯琇冷淡道：「他們不信神。他們會幾招魔法，就以為自己是神。但他們根本不是。他們死時，不會轉世，而是變成塵土和屍骨，他們的鬼魂在風中哀嚎，轉眼被風吹走。他們沒有不朽的靈魂。」

「他們操作的魔法有哪些？」阿兒哈頗神往地問。她忘了自己曾說過，若是見到內環諸島駛來的船，她會轉身走開，正眼不瞧一下。「他們是怎麼操作的？魔法能做什麼？」

「都是些詭計、騙術、把戲罷了。」柯琇說。

「要是大家傳說的故事有部分屬實，」薩珥說：「那麼多少比把戲厲害些吧。那些西方的巫師可以升風、止風，還能讓風按照他們希望的方向吹。這一點是大家都同意的，每則故事講到這部分都差不多。也因此，他們都是出色的操帆手，他們能把法術風注入帆內，隨心所欲航行。他們也能平定海上暴風雨。又據說，他們能隨心所欲製造光亮與黑暗，能把岩石變成鑽石，把鉛變成金；還說他們能在轉眼間建造一座大宮殿或一座大城，至少外表看來是；還說他們能把自己變成熊、魚或龍，隨他們高興變什麼就變什麼。」

「我全部不相信，」柯琇說：「說他們危險狡猾，會暗中耍招，像鰻魚一樣滑溜，我倒相信。但據說要是取走術士的手杖，他就沒有力量了。或許木杖上寫了什麼邪惡的符文吧。」

薩珥又搖頭。「他們的確隨身帶了根手杖，但那不過是工具，真正的力量蘊藏在他們體內。」

「他們是怎麼獲得力量的呢？」阿兒哈問：「那力量是從哪裡來的？」

「由瞎編而來。」柯琇說。

「由字詞而來，」薩珥說：「有人這樣告訴我。那人曾親眼見過內環島嶼一名卓越的術士，他們稱那名術士為法師。他們一路追捕那法師，好不容易才在西邊島嶼抓到他。法師見情況危急，拿出一根木棒，對木棒說了一串字詞，木棒居然開花了。他又說另一串字詞，看！它長出紅蘋果。再說一串字詞，木棒、花朵、蘋果全部消失，只剩法師。又說一串字詞，連術士也像彩虹般消失了，眨眼間無蹤無影。他們一夥人找遍那座島嶼，卻始終找不著那術士。像這樣，會只是把戲嗎？」

「騙騙傻瓜很容易。」柯琇說。

為避免爭端，薩珥沒再說什麼。但阿兒哈滿心不願拋開這個話題。「那些巫師長什麼樣子？」她問：「他們真的全身漆黑，只有眼睛是白的嗎？」

「他們又黑又卑劣，但我半個也沒見過。」柯琇滿意地說著，她微移矮凳上沈重的龐大軀體，並張開雙手在爐火上取暖。

「願雙神使他們遠離。」薩珥喃喃道。

「他們不會再來所在地這裡了。」柯琇說。這時爐火劈啪，風雨在屋頂嘩啦作響，外頭昏暗的門廊上，馬南高聲叫道：「啊！我贏了一半，一半喔！」

【第五章】

山內的光
Light under the Hill

歲時循環又快入冬之際，薩珥去世了。夏季時，她染上一種消蝕肉體的疾病。原本就瘦削的她變得只剩皮包骨；而原本就陰沈的她，變得根本不開口。她只對阿兒哈講話，但那也是偶爾碰巧兩人獨處時才有的事。後來她連對阿兒哈也不說話；末了，就那樣默然逕赴幽冥。她去世後，阿兒哈非常想念她。如果形容薩珥嚴厲還說得過去，但她從不曾殘酷。她教導阿兒哈學會的是自尊，不是懼怕。

現在只剩柯琇了。

雙神廟的新任高等女祭司預計次年春由阿瓦巴斯派來。在那之前，阿兒哈與柯琇兩人同為陵墓所在地的治理人。柯琇稱呼阿兒哈「女主人」，遇令就得服從，但阿兒哈早已學會不去命令柯琇。她有權命令她，但她沒有力氣。柯琇嫉妒地位比她高的人，也怨恨自己無力操控的任何人事物，想與她那份嫉妒和怨恨相抗，恐怕很費力氣。

從溫和的潘姒那裡，阿兒哈認識世上有不信神的人存在，儘管這一點嚇著了她，她仍接受這是人生事實；也因此，她對柯琇就能採取比較實際的看法，進而去了解她。對累世無名者或神，柯琇內心都沒有真正的敬拜誠意。除了權力之外，在她眼中沒有一項事物是神聖的。當今擁權者是卡耳格帝國的君王，所以就她來說，這個君王真的就是「神王」，她會對他盡心效力。但她認為神廟純粹是炫示，墓碑只是岩石，峨團陵墓不過是地底洞穴——雖然可怕，但空虛不實。要是能夠，她會終止敬拜空寶座；要是膽敢，她會廢除第一女祭司。

就連最後這項事實，阿兒哈也能相當實際地面對。雖然薩珥從沒明說什麼，但她或許曾協助阿兒哈明白這一點。薩珥在罹病之初，尚未完全沈默不語時，曾要阿兒哈每隔幾天來病榻前相談，她告訴阿兒哈當今神王及其先祖的諸多作為，以及阿瓦巴斯的行事方式等等，全是身為位高權重的女祭司應該知道的事，內容卻往往不是歌功頌德。薩珥也談自己的生平，並描述前世阿兒哈的長相和作為，有時也會提到阿兒哈這一世可能遭遇的困難和危險，雖然不太頻繁。她一次也沒提及柯琇的名字，但阿兒哈當薩珥的弟子十一載，只消一個暗示或語調，她便充分了然，並牢記在心。

一俟沈鬱忙亂的喪禮結束，阿兒哈就盡量避開柯琇。一天漫長的工作與儀典完成後，她就回到自己的獨居處；只要有時間，不分白天夜晚，她會去寶座後面的房間，打開活板門進入黑暗地底，反正進入後都一樣黑。她開始對自己的領域進行有系統的探索。由於墓穴特具神聖的崇高價值，所以除了第一女祭司、高等女祭司和她們最信賴的宦人以外，完全禁止任何人進入。別人若甘冒危險擅闖，不論男女一律會遭累世無名者的忿怒擊打致死。但就她所知的全部規定中，沒有任何字眼提到禁止誰進入大迷宮。制定這種規定毫無必要，因為大迷宮只能經由墓穴進入；而再怎麼說，蒼蠅需要有規定來限制牠們不要投入蜘蛛網嗎？

所以，阿兒哈常帶著馬南進入大迷宮的外圍區域，好讓他也認得通道。馬南不太熱中去那裡，但一如往常，他服從阿兒哈的意思。她還要柯琇的兩名宦人杜比與烏托都曉得前往囚鏈室的通路及出墓穴的通道，但僅止於此，她從沒帶他們兩人進大迷宮。她只想讓絕對忠誠的馬南曉得那些祕密通道，因為那是她的，永遠獨為她所有。

其實她老早就開始全面探索大迷宮。一整個秋季，她花了許多天在那些無止境的通道來來去去，但仍然有一些區域她從沒走到過。步行追蹤這些漫長而無意義的通道網，不停計數已過和未過的轉彎和通道，無疑是件非常累人的事，不但雙腳疲勞，心思也覺厭煩。但在那些有如大城市街道的地下甬道中，平躺於堅穩的岩石地面上，感覺倒挺美妙。最初建造這些地下通路的目的，不過是想累垮並迷亂進入其間的人，但到了最後，必然連護陵女祭司也覺得這些通道說穿了不過是個大陷阱而已。

因此，待日子漸入隆冬，她便把全面探索的目標轉向寶座殿本身，像是祭壇、祭壇後面和祭壇底下的壁龕、箱櫃室、箱櫃內的物品、通道和閣樓、圓拱頂下方千百隻蝙蝠築巢的髒空間、當成闃黑走廊前室的建築基層和底層……

探索過程中，有時她的雙手和袖子會沾上麝香草的乾甜香氣，那是掉在鐵櫃上約有八百年之久的麝香草，全化為粉末了；有時她的眉毛會被蜘蛛網附著的污物弄髒；有時她會跪在遭歲月摧殘的漂亮杉木箱旁一整個時辰，仔細研究箱上的雕刻——這箱子是某君王贈送給陵墓累世無名者的禮物，箱上精巧的浮雕想必出自一位古代藝匠之手，但他早已化為塵土數百年。浮雕上刻了那位君王，鼻子特大、軀體僵直；還刻了寶座殿的平拱頂和廊柱。另外也刻有第一女祭司，她正由青銅盤中吸入藥草蒸氣，並向君王提供預言或建言。在這件雕刻中，君王的鼻子已斷裂不見，而女祭司的臉由於刻得太小，無法辨清五官長相；但阿兒哈想像，這名女祭司的臉就是她自己現在這張臉。她很好奇這位女祭司正在對大鼻子君王說些什麼，而這君王是否心存感激？

寶座殿內有幾個地方她比較喜愛，好比一個人坐在灑滿陽光的房子中，也有比較偏好的位置一樣。這建築的尾端有幾間更衣室，其中一間的頂上有個小閣樓，她常去那兒。那閣樓裡存放了古代禮袍，供昔日王親貴族等要員來峨團陵墓敬拜時換穿；這些人來此敬拜，等於承認有個領域大於他們自己的或任何凡人的領域。有時，他們的公主女兒會穿上鑲繡黃玉和深色紫水晶的柔細白絲袍，與陵墓女祭司一同起舞。閣樓內藏寶物中有幾張彩繪象牙小桌，桌面所繪圖樣就是起舞情形。她們舞蹈時，君王或領主待在殿外等候，顯示當時與現在一樣，禁絕男人涉足陵墓土地。侍女倒是可以進來與女祭司共舞，這些侍女身著白色絲袍。但女祭司本人則和現在一樣，只穿家紡粗素黑袍，古今如一。阿兒哈喜歡來這裡用手指撫摸絲袍，它們雖因年久而略損，但宜人的輕柔觸感依舊。禮袍上的珠寶不會消失，但由於本身的重量，有些已脫落。這些衣櫃有種香氣，那香氣不同於所在地神廟裡的麝香或薰香，它比較新鮮、比較清淡、比較嫩。

在這幾間寶物室之中，她往往花上整晚時間單單檢視一只箱子，把所有東西看個仔細：珠寶、生鏽的盔甲、破損的舵柄羽飾、皮帶扣、別針、胸針、青銅製品、鍍銀用品、純金物品……

貓頭鷹不理會她的存在，逕自坐在椽木上，黃眼睛或張或閉。屋瓦縫隙透進一點星光，也會飄落雪花，細緻冰冷，如同那些古代絲袍，摩挲末了，感覺無物。

深冬某夜，由於殿內太冷，她走到活板門那裡，舉起活板門，扭身爬下階梯，而後關上活板門。她靜悄悄步入前往墓穴這條她已熟透的通路。當然，她從不帶燈火去墓穴那裡，有時即使帶了燈籠進大迷宮，或夜晚時在地面上行走，只要鄰近墓穴，她一定滅掉燭火。所以，她從未看過那地方，就連過去她當女祭司的各個世代，她也沒看過。現在進了這條甬道，她照例吹熄手執燈籠內的燭火，然後按照原有步調摸黑前進，卻輕鬆得宛如黑水中的小魚。這裡始終不冷不熱，不論冬夏，永遠帶有相同的涼意及不變的些微濕氣。上方的地表，冷冽的冬風在沙漠上猛掃白雪；而這裡：無風、無季節，封閉、靜謐、安全。

她打算去彩繪室。她喜歡偶爾去去那裡，就著昏暗燭光研究牆上奇異的壁畫。那些壁畫雖屈居地底黑暗，卻依然突出，畫中盡是些生了長翅膀的大眼睛男人，有的安詳，有的沈鬱。沒人能告訴她那些人是誰。所在地的別處沒有這種圖畫，但她自認明瞭這些圖像：他們是不重生的、受詛咒者的鬼魂。由於彩繪室設在大迷宮中，她得先穿越墓碑區底下的大墓穴；這回，往下行經傾斜通道時，她見到一抹淡淡的灰色，一道薄弱的微光，一個遠處光線的反射再反射。

她以為是眼睛作怪，畢竟在全然黑暗中，眼睛常常騙人。她閉上眼睛，微光隨之消失，再張眼，微光重現。

這時她已止步，呆立不動。確實是灰色，不是黑。邊緣淡淡的灰白也清晰可見，而這地方本該什麼也看不見，本該舉目盡黑。

她向前走了幾步，伸手觸摸隧道牆角，發現隱約可看見手的移動。

她繼續前進。在這黑暗深極的墓穴中，在這不曾有光的地方竟有微光飄邈，真是難以想像的怪事，實已超越讓人害怕的程度。她光腳黑衣，無聲無息前進。到了最後一個轉彎處，她停下來，然後緩緩挪移最後一步，凝目觀看。

眼前是她前所未見的景象。儘管她曾活過千百世，也不曾見過這景象：陵墓墓碑底下這個非由人手所鑿而是遭地力掏空的圓拱形巨穴，滿布水晶和石灰岩的白色尖柱。這是地底清水自太古以來即長年勞作的所在。屋頂和牆壁閃閃發光，巨大輝煌、精美錯雜，使墓穴轉化為一座鑽石王宮、一棟紫水晶和澄水晶之屋。它們光榮壯美地驅走了萬古黑暗。

運作這奇景的光雖不明燦，但對習慣黑暗的眼睛仍是眩目。那是一道柔和的薄光，像是沼氣光，它緩緩橫越洞穴，把珠光閃閃的屋頂擦亮成千百朵銀花，並在洞穴石牆上投射出千百個奇幻麗影。

那道光從一根木杖尾端放射出來，沒有冒煙，不會燃耗。木杖由一隻凡人的手握著。阿兒哈看見光亮旁邊的臉龐，那張黝黑的臉是一張男人的臉。

她立定未動。

那男人在大墓穴裡橫過來穿過去，走了頗長一段時間。他細心查看岩石帶狀水紋的背後，仔細觀察由墓穴引伸出去的幾條地道，但他沒有進入那些地道。他的舉動看起來好像在尋找什麼。護陵女祭司依舊靜立不動，她站在通道的黑暗角落等著。

她最難想通的一點或許是：她正在觀看一名陌生人。她一向很少見到陌生人。她於是猜想，這人必定是管員之一。不，應該是圍牆另一邊的男人，大概是牧羊人，或是所在地的守衛、奴隸。他來這裡探究累世無名者的祕密，可能是想偷取陵墓的某樣東西……

來偷某樣東西，來盜取黑暗力量。「褻瀆神聖」這幾個字慢慢進入阿兒哈腦袋。他是男人，而男人的腳掌永不容踩踏這神聖墓穴之地。但他已經身處這空闊的陵墓心臟區域，他已經進入了。他已在禁光的所在造光，這是天地創始以來不曾有的事。累世無名者為什麼沒有擊倒他？

男人這時站著正低頭注視岩石地板，那一處的地板曾被切割並搬動過。看得出來那塊地面曾被撬開又覆蓋回去，應該是為了造墳而挖起這貧瘠的酸性土塊，但沒仔細填實。

她的歷代主母已食盡那三名囚犯，為何沒吃掉這一個？她們在等什麼？

等她們的手行動，等她們的舌說話……

「滾！滾！滾開！」突然，她放開嗓門尖聲大叫。巨大回音轟隆盤繞整個墓穴，好像為了把那張受驚嚇的黝黑臉孔弄模糊似的，因為那張臉剛才已經轉向她這邊，然後透過搖曳的洞穴光輝見到了她。緊接著，光亮消失。所有輝耀隱逝。漆黑，而後是沈寂。

現在她又可以思考了，她已經擺脫那個光亮魔法。

他一定是從紅岩門，也就是「囚犯門」那兒進來的，因此他會嘗試由那扇門逃走。阿兒哈有如輕翼疾展的貓頭鷹，輕巧無聲地跑越半圈洞穴，來到了隧道頂部較低矮的那一段：只有那裡可通往那扇僅能向內開啟的門。她停在隧道入口。沒有穿堂風由外吹來，可見他進來後沒讓那扇單向門開敞。門是關著的，若是他仍在隧道內，這會兒顯然進退不得了。

但他不在隧道內，這一點她極為確定。在這個狹窄空間內，如此近距離，他若還在，她一定聽得見他的氣息，感覺得到他生命的溫暖和脈動。隧道內空無一人，她挺立聆聽。他去哪兒了？

黑暗好像一條繃帶壓迫她眼睛。見著陵墓墓穴讓她感覺惶恐困惑。過去她所知道的陵墓，只是一個聽來的、用手觸摸來的、藉黑暗中的涼空氣感知的限定範圍，那個範圍很大，是個無人得見的奧祕。現在她卻看見了，而這奧祕竟非由恐懼取代，反倒被美麗接手。美麗，一個比黑暗奧祕更為深邃的奧祕。

這時她緩步前進，有些遲疑。她觸摸著靠左走，走到第二條通道，也就是通向大迷宮的通道。她暫停聆聽。

耳朵能告訴她的，跟她的眼睛一樣少。然而，就在她一手貼扶岩石拱道一邊時，她感覺岩石好像微微震動，不流通的涼冷空氣中似乎帶有一絲不屬於這裡的香氣：一種野生洋蘇葉的氣味，而這植物是生長在頭頂上方的沙漠山丘上，繁衍於遼闊的天空下。

她循著嗅覺，緩慢無聲地走下隧道。

跨出大約百步後，她聽見他了。他幾乎與她一樣沈靜無聲，但他在黑暗中的腳步不像她那般穩妥，她聽見細微的腳步聲短暫亂響，好像因為地不平而絆跌，但又馬上穩住自己。接著，四下死寂。她靜候片刻，繼續提腿緩進，右手指尖輕觸石壁，最後，手指摸到一個金屬圓棒。她停在那兒繼續往上觸摸鐵條，一直到她能搆著的最高位置，她才摸到一個凸起的粗糙鐵手把。然後，她驟然使出全力將手把往下拉。

迸出一陣可怕的嘎嘎聲和碰撞聲，藍色火花飛落。回聲慢慢消褪，抱怨似地往她身後的通道傳過去。她伸手感觸，距她的臉僅幾吋遠，是一扇鐵門略帶麻點的表面。

她長吐一口氣。

接著，她慢慢由隧道上坡走回墓穴，再一直讓牆壁保持在右手邊，走回寶座殿的活板門。雖然已無必要靜默，但她沒有疾走，而是一聲不響緩慢移步。反正她已經逮著她的竊賊了：他剛才經過的那扇門是進出大迷宮的唯一途徑，而它僅能由外面開啟。

現在他就在大迷宮裡面，困在那個黑暗地底，永遠出不來了。

她挺直腰慢步經過寶座，進入有長柱的大殿。這殿內有個青銅缽，安置在高三腳架上，缽內滿是火紅木炭。她繞過青銅缽，走向升至寶座的七級臺階。

她在最底下一級臺階下跪，前額拜倒觸地。那石階不但冰冷蒙塵，還散布些許貓頭鷹獵食棄置的老鼠骨頭。

「請饒恕我目睹妳們的黑暗被侵犯，」她輕聲說：「請饒恕我目睹妳們的陵墓被褻瀆。我會為妳們復仇，我的眾主母啊，死亡會把他交給妳們，他將永不得重生！」

她雖然祈禱，內心所見卻是有光的洞穴展現的搖曳光彩，冥域中的生命。而且，她沒感到褻瀆神聖所該產生的恐懼，對那個竊賊也毫無忿怒；她想到的只是：那洞穴多麼奇特、多麼奇特……

「我該告訴柯琇什麼呢？」她步出大殿踏進猛烈冬風中，在拉緊披風時自問自答道：「什麼也不說。還不要告訴她。我是大迷宮的女主人，這不關神王的事。等那竊賊死了再告訴她好了。我該怎麼殺死他？我應該叫柯琇來看他被處死，她喜歡死亡。他在找什麼？他一定瘋了。他是怎麼進來的？只有柯琇和我有紅岩門和活板門的鑰匙。他一定是從紅岩門進去的，只有術士才可能打開那扇門。術士——」

她驀然止步，雖然強風幾乎把她的腳吹離地面。

「他是術士，內環諸島來的巫師，在找尋厄瑞亞拜護符。」

這個結論竟隱含一份離奇魔力，使她雖置身冰冽冬風中卻漸感全身溫暖，並且朗笑出聲。她四周是所在地，所在地周圍是幽黑死寂的沙漠；冬風刺骨，山坡下的大屋一無光亮。看不見的薄雪在風中飄拂。

「要是他能用巫術開啟紅岩門的話，他也能開啟別的門，然後逃跑。」

這想法頓時害她背脊發涼，但馬上被她否定。是累世無名者讓他進來的。有何不可？反正他無法製造任何傷害：一個無法離開偷竊現場的賊能造成什麼傷害？他能做到這一步想必身懷法術和邪惡力量，而且肯定是強大的法術和力量，但他無法再前進了。凡人的魔法不可能勝過累世無名者的意志，或贏過墓穴內的鬼魂，或與寶座空虛的歷代諸王爭強。

為了幫自己確定這想法，她快步走下山丘到小屋。馬南在門廊上睡覺，裹在斗篷與破毛毯內，那條破毛毯就是他冬天的床。她安靜走進屋內，沒點燈，唯恐驚醒馬南。她打開一個上鎖的小房間——說是小房間，其實只是屋尾一個大型櫃。她敲擊打火石，火花持續的時間剛好讓她找到想找的地板某處。她跪下來移開一塊磚，現出一小塊僅數吋見方的髒厚布，她無聲無息地拉開厚布，卻吃驚地跳開：一道光射上來，恰好照在她臉上。

稍過片刻，她才小心翼翼透過地上的開孔看進去。她都忘了：那人的木杖會放射奇異的光芒。她原本只期望聽見他在下方的黑暗中走動，竟忘了那光亮。現在，他就位於她預期的所在：這個偵窺孔的正下方，那扇阻礙他逃離大迷宮的鐵門旁。

他站在那裡，一手置腰際，另一手斜持那根與他齊高的木杖。木杖頂端附著微弱燐火。由大約六呎的高度望下去，他的頭略偏一邊。這人身上是一般冬季旅人或朝聖者的裝扮：厚重短斗篷、皮製短上衣、羊毛綁腿、繫帶草鞋；背上有個輕背袋，袋上吊掛一只水壺；腰際則有把帶鞘短刀。他靜立在那兒像尊雕像，自在而一臉深思。

他慢慢從地面舉起木杖，把發光那一端伸向鐵門——阿兒哈從偵窺孔看不到鐵門。但見那團光亮起了變化，變得較小但較亮，是個密實的光團。他大聲說話，阿兒哈聽不懂那奇怪的語言，但比那語言更奇怪的是那人深沈宏亮的說話聲。

木杖頂端的光變亮、晃動、轉暗，甚至有一陣子幾近完全消逝，使她無法看見他。

等那淡紫色沼氣光重現並穩定放光，她看見他轉身離開鐵門，他的開啟魔法失敗：鎖牢那扇門的力量比他所擁有的任何魔法都強大。

他環顧四周，好像在思考。打算怎麼辦呢？

他站立的那條隧道或通路寬約五呎，洞頂離粗糙不平的岩石地板約十二至十五呎，牆壁是完實的岩石，沒有塗灰泥，但堆疊得非常仔細又緊密，石縫間幾乎連刀尖也插不進去。這牆越往上越向內縮，形成圓拱狀穹窿。

此外別無一物。

他開始向前走，只一大步便將他帶離阿兒哈的視線以外。光亮漸消逝，就在她想把厚布和磚塊放回原處時，她面前地板的微光又增強了。他重返鐵門邊；也許他想通了，一旦離開鐵門進入隧道網，他大概不太可能再找到這扇鐵門。

他說話了，只低聲說了兩個字：「易門」，後來又稍微放大聲量重說一遍：「易門」。鐵門在門框內嘎嘎作響，低沈回音像打雷般在圓拱形隧道內轟隆打轉，阿兒哈彷彿覺得腳下的地板在搖晃。

但鐵門依舊牢固。

他於是笑了起來，是男人在想「瞧我多獃！」時發出的那種短促笑聲。他再度仔細查看四周牆壁，向上瞥時，阿兒哈看見他黝黑的臉上殘留一抹微笑。他查看完後坐下，鬆開背包拿出一片乾麵包咀嚼起來。他打開皮水壺搖了搖，看模樣重量很輕，好像快空了；他沒有喝，重新塞妥蓋子。他把背包放到身後當枕頭，拉拉斗篷裹住身體後躺下，木杖仍握在右手。他躺下時有一小團或一小球光亮由木杖向上飄，而後暗淡地懸在他的頭頂後方，離地僅幾呎。他左手放在胸部，手中握著某樣掛在沈重頸鏈上的東西。他躺在那兒，兩腿交疊於腳踝，相當舒適。他的目光飄過偵窺孔，而後歎了口氣閉上眼睛。那光亮漸暗。他睡了。

緊握在胸前的那隻手鬆開來滑至一側，上方的旁觀者於是看見他頸鏈上的護符：像是一小片粗金屬，呈半月形。

巫術微光消逝，他躺在沈寂和黑暗中。

阿兒哈放回厚布，照原樣蓋好磚塊後小心站起來，溜回房間。屋外冬風呼嘯，她躺了很久仍無法成眠，眼前不斷重現那間冥宮中閃爍的水晶光芒、那團不冒煙的火光、隧道牆壁那磊磊岩石，以及男人睡著時那安詳寧靜的臉龐。

【第六章】

男人的陷阱
The Man Trap

第二天，阿兒哈一忙完在各殿應盡的職責，結束教導見習生神聖之舞的課程，立刻溜回小屋，熄滅房內燈火，打開偵窺孔向下窺視。底下沒有光。他走了。她本就不認為他會一直待在那扇他打不開的鐵門前，但這處是她僅知的可窺之處。現在，他八成迷了路，該怎麼找他呢？

根據薩珥生前描述與阿兒哈的親身經驗，大迷宮的隧道總長超過二十哩，內含迴繞、支線、螺旋、死巷等等。以直線計，最遠的死巷距離陵墓可能不超過一哩，但地底下沒有一條路是筆直的，所有通道都採用彎曲、開岔、重合、分支、交錯、環結、回溯等辦法構成精巧的首尾相接道路網，等於沒有開頭、沒有結尾。即使在裡面走了老半天，也可能壓根沒前進到任何地方，因為它根本不通往什麼地方。這個隧道網沒有中樞，沒有核心，一旦那扇鐵門閉鎖就失去盡頭，沒有一個方向是正確的。

雖然阿兒哈早已把前往各房室各區段的通路和轉彎牢記在心，但若想進行較長距離的探索，她也會攜帶一球紗線沿路鬆開，待重返時邊收線邊循線回溯。她知道，只要漏掉一個該計算的轉彎和通路，連她也會迷路。這裡面完全沒有路標，一旦迷路，即使有燈也幫不了忙。所有廊道、開口、出入口全一個模樣。

這會兒他可能已經走了好幾哩路，但實際距離他進入大迷宮的那扇紅岩門還不到四十呎。

她去寶座殿、雙神廟、廚房底下的地窖，趁四下無人時從各個偵窺孔俯瞰地底那冰冷陰森的黑暗。夜幕鋪展後，她頂著嚴寒，踩著閃爍星光到山丘上幾個地點，翻開石頭，掃掉泥土，同樣向下窺探，但看見的仍是一無星光的地底黑暗。

他在裡面，他一定在裡面，只是躲開她而已。他會在她找到他以前渴死。要是確定他已死亡，她會派馬南進去隧道網把他找出來。但這種結果，光是想到就教人受不了。星光下，她跪在粗硬坡地上，眼睛不由得盈滿忿怒的淚水。

她走向通往神王廟的斜坡走道。神廟廊柱的柱頭雕刻結了霜，在星光下白閃閃的，像極了燐骨柱。她敲了敲神殿後門，柯琇應門讓她入內。

「什麼風把我的女主人吹來？」這位粗壯的女子說著，表情冷漠，一臉警戒。

「女祭司，大迷宮裡面有個男人。」

難得碰上一件意料之外的事，柯琇驚得卸除防衛。她瞪眼呆立，雙目好像暴凸了些。阿兒哈突然覺得潘姒模仿的柯琇實在是維妙維肖；這個念頭不禁讓她想大笑，經過一番強忍，笑意才漸淡去。

「一個男人？在大迷宮裡面？」

「一個男人，一個陌生人。」由於柯琇仍然用不可置信的眼光注視她，她便又說：「雖然我見過的男人很少，但起碼認得出男人的樣子。」

柯琇不屑理會阿兒哈的嘲諷。「怎麼會有男人在那裡面？」

「我看是藉由巫術進去的。他膚色黝黑，大概是內環島嶼的人來這裡盜墓。起初我是在墓碑正下方的墓穴發現他的。他一察覺我，就跑向大迷宮的入口。他進去後，我把鐵門鎖起來。他會施魔法，但沒能把門打開。今天早晨他進了隧道網，現在我找不到他了。」

「他帶了燈火嗎？」

「有。」

「水呢？」

「一只小水壺，不是滿的。」

「他的蠟燭一定已經燒完了。」柯琇沈思道：「四、五天，或許六天後，妳可以派我的管員下去，把他的屍體拖出來。他的血應該灑在寶座上，然後……」

「不行，」阿兒哈突然激烈地尖聲說：「我要活捉他。」

大塊頭女祭司高高俯瞰女孩。「為什麼？」

「好讓……好讓他的死……拖久一點。他犯了對累世無名者不敬的褻瀆神聖罪，他用光亮污蔑了陵墓墓穴，他來陵墓盜取寶物。這些可是大罪，一定要施以更嚴厲的刑罰，放他獨自一人躺在隧道裡死去太便宜他了。」

「沒錯。」柯琇說著，表情好像在審慎考慮：「但妳要怎麼活捉他，女主人？活捉的辦法不可靠，任其死去則沒什麼危險。大迷宮裡不是有個地方專門堆放骸骨嗎？那都是進了大迷宮後沒得離開的男人骨頭……讓地底諸靈用大迷宮的陰暗法子去懲罰他吧，管它是一種還是好多種。渴死就是一種殘酷死法。」

「我曉得。」女孩說完，轉身步入夜色中，拉起帽兜抵擋冰凍的呼嘯冬風。她難道不曉得嗎？

跑去找柯琇實在是幼稚愚蠢，從她那邊根本得不到幫助。柯琇什麼也不懂，只知道冷靜等待，等他末了自己死去。她不懂，不懂這男人必須被找出來，不能同其他人般依樣處理。阿兒哈這次無法忍受那種處理法。既然他非死不可，就讓他在光天化日下一刀斃命。這男人可是數百年膽敢來盜墓的頭一人，讓他死在劍鋒下絕對比較合適。他連凡人靈魂都沒有，根本沒資格重生。若任由他單獨在黑暗中渴死，他的鬼魂會在地底走道穿梭飄盪，這絕絕對對不可行。

阿兒哈那晚睡得很少。由於第二天有一連串儀典和職務要忙，她只得趁晚上一個人摸黑（沒帶燈籠）靜悄悄地一個又一個偵窺孔察看，直到看完所在地每棟建築內及山丘上的所有偵窺孔。忙了大半夜，到了破曉前兩三個時辰才返回小屋就寢，卻依舊難以成眠。第三天傍晚，她獨自步行到沙漠，走向小溪。那條溪因冬旱而水位極低，河邊蘆葦結了冰。她決定來到溪邊，因為她想起來，秋天時有回她深入大迷宮，經過六叉口，沿著一條很長的彎道前進時，聽見岩壁後面傳來流水聲。一個口渴的人如果走到那裡，難道不會留下來嗎？溪邊這裡也有偵窺孔，只是她得找一下。去年薩珥帶她見過每個偵窺孔，所以沒多費事就找著了。阿兒哈回憶地方與形狀的方式一如盲人，好像是憑感覺來摸索每個隱藏孔，而不是靠眼睛尋找。到了距陵墓最遠的偵窺孔旁，她拉起帽兜遮光，然後把眼睛移近岩石面所開鑿的小孔；霎時，她看見底下有巫術光的暗淡微亮。

他在那裡，但一半在她視線以外。這個偵窺孔正俯瞰這條死巷的最盡頭，她只見到他的背部、低了頭的頸背，以及右臂。他坐在靠近牆角的地方，正在用刀撬石頭。他那把刀是一把鋼鑄短劍，柄部鑲有珠寶，刀身斷了一截；斷掉的那截就躺在偵窺孔正下方。他手舉短劍一直刺，想撬開石頭好取水喝。他聽見這片穿刺不透的石壁另一面有潺潺流水聲，那水聲在地底的死寂中顯得特別清晰。

他的動作顯得乏力。經過這三天三夜，他變了很多，與先前柔軟平靜地站在鐵門邊嘲笑自己失敗的那個男人大為不同。雖然看起來頑強依舊，但身上的力量已不復見。他已經沒有魔法可以撥開石塊，必須借重一把無用的破刀。連他的巫術光也漸轉弱，變得暗淡朦朧。阿兒哈觀望時，那光亮微微顫動一下，那男人一扭頭，扔掉手中短劍。一會兒，他又固執地拾起短劍，試著把破損的刀鋒用力刺進石縫中。

阿兒哈匍匐在岸邊結冰的蘆葦間，漸漸忘了自己身在何處，也忘了自己在做什麼。她兩手貼近嘴巴合攏成杯形，湊到洞孔喊道：「巫師！」這聲音滑下岩石窄徑，在地底隧道冷冷輕喚著。

那男人大吃一驚匆促站起，離開了阿兒哈的視線範圍。她再度湊近偵窺孔，說：「順著河邊石牆往回走到第二個轉彎口，走進去。第一個叉口右轉，略過一個轉彎口後再右轉。到了六叉道後右轉，然後左轉，右轉，左轉，再右轉，進彩繪室待著。」

她動了一下再望進去時，有一瞬間想必讓日光從偵窺孔透入隧道，她發現他回到她視線可及的圓圈範圍，正抬頭向上凝望這個開口。她看見他臉上好像有傷疤，神色焦灼中帶著期盼。他雙唇乾焦，但雙眼明亮。他舉起木杖，慢慢將亮光移近她的眼睛。她嚇得後退，趕緊拉回岩石蓋子，推回鋪掩的小石子，起身快速回到陵墓所在地。她發覺自己雙手顫抖，行走時還偶爾感覺一陣暈眩。她不曉得怎麼辦才好。

如果他依照她的指示，就會重回通往鐵門的方向，到達彩繪室。彩繪室裡沒什麼寶物，他沒有理由去那裡。但彩繪室的天花板有個不錯的偵窺孔，通向雙神廟的「寶物間」，或許這是為什麼她想到彩繪室的緣故。她不清楚，也不知道自己剛才為什麼對他說話？

她可以利用某個偵窺孔送點水下去隧道，然後叫他去取用，這樣一來他就能活久一點。隨她高興，要他活多久就活多久。假如她偶爾放些水和一點點食物下去，他會口復一日、月復一月在大迷宮裡遊走；而她可以透過偵窺孔看他，並告訴他去哪裡找水，有時候故意指示錯誤，好讓他白跑，但無論如何他都會去。這樣肯定可以讓他明白，在埋葬不朽亡者之處嘲笑累世無名者、吹噓可笑的男子氣概，會有什麼結果！

但只要他仍在裡面，她就永遠不能進大迷宮。為什麼呢？她自問自答道：我進去後一定得讓鐵門開著，他可能會趁機逃走……但他頂多只能逃到大墓穴罷了。所以事實是：她害怕面對他，她怕他的力量，怕那些他藉以進入墓穴的種種伎倆，以及那個使光亮持續照耀的巫術。然而，那些東西那麼可怕嗎？統轄這個黑暗地帶的力量保護的是她，可不是他。事實擺明，在累世無名者的領域中，他能做的不多。他沒打開鐵門，沒召喚魔法食物，沒穿牆取水，也沒召集魔怪打倒石牆，所有她擔心他可能做的事，他一件也沒做到。甚至，他到處走了三天，還沒找到路通往他肯定一直在找的大寶藏室。阿兒哈本人也還不曾按照薩珥的指示走到那裡，基於某種敬畏與抗拒，她把這趟探險延後再延後，她依稀覺得時候未到。

她現在則想：為什麼不乾脆讓他代替她去？他可以看遍他想看的陵墓寶物。它們對他用處大呀！屆時她可以取笑他，並叫他吃黃金、喝鑽石。

懷著這三天來占據她整個人的急躁不安和緊張興奮，她跑向雙神廟，打開廟內拱頂的小寶物間，掀開地板上以巧妙手法隱藏起來的偵窺孔。

底下是彩繪室，但裡面闃黑一片。她忘了，那男人在地底走隧道網，通路曲曲繞繞，可能比地表距離多了數哩長。而且他肯定很虛弱，走不快。他也可能記不得她所給的指示而轉錯彎，很少人能像她一樣聽一遍就記住方向。或許他根本聽不懂她的語言。若是那樣，就讓他在黑暗中走到倒下，死掉。這個笨蛋、異邦人、不信神的傢伙，讓他的鬼魂沿著峨團陵墓的下坡石頭路哀鳴，直到黑暗吞食它……

次日一大早，經過少眠而多噩夢的一夜，她趕緊回到雙神廟的偵窺孔。她往下看，什麼也看不見，只有一片漆黑。她把吊在鏈子上的錫製小燈籠挪低些：沒錯，他在彩繪室裡。透過蠟燭的光暈，她看見他的兩條腿和一隻癱軟的手。這個偵窺孔不小，約有整塊地磚那麼大；她靠著孔口叫了聲：「巫師！」

沒有移動。他死了嗎？他全身力氣就只有這些嗎？她暗自冷嘲，但心頭怦怦跳。「巫師！」她的叫聲在底下空洞的房間迴盪。他動了，慢慢站起來，環顧四周，滿臉困惑。一會兒，他抬頭瞥見頭頂上方那只晃動的小燈籠。他的臉看起來真可怕，又腫又黑，跟木乃伊的臉沒兩樣。

他伸手去拿放在一旁地上的木杖，但沒有光亮放射出來。他身上沒剩下半點力量了。

「巫師，你想看峨團陵墓的寶藏嗎？」

他疲乏地仰望，瞇眼觀看她的燈籠亮光，那是他唯一能見的東西。一會兒，他瑟縮一下，可能原本想擠出微笑吧，接著他點頭。

「走出這個房間，左轉，碰到左邊第一個通道就轉彎走下去……」她淘淘不絕講了一大串指引，毫無停頓，講完後又說：「在那裡面你可以找到你要找的寶物，說不定還可以找到水。現在，寶物和水，你要哪一個，巫師？」

他倚著木杖挺直身軀，用那雙無法看見她的眼睛仰望，想說些什麼，但乾渴至極的喉嚨無法發聲。他略微聳肩，離開了彩繪室。

她才不給他水呢，一丁點也不給。反正他永遠也找不到路到寶藏室。那段路程指引太長了，他記不住。況且途中有「巨坑」，如果他走得了那麼遠。他現在沒光可用，肯定會迷路，然後倒地不起，最後死在狹窄空蕩乾枯的走道某處。到時候馬南會去找他，把他拖出來，事情便到此結束。阿兒哈兩隻手緊抓窺孔蓋，不斷前後搖動匍匐著的身子，她緊咬嘴唇，好像忍受著可怕的痛楚。她一點水也不給他，她一點水也不給他，她要給他死亡、死亡、死亡、死亡、死亡。

在她生命中這個暗沈時刻，柯琇來了。她穿著冬季黑袍，帶著龐大體積，腳步沈重地走進這寶物間。

「那個男人死了嗎？」

阿兒哈抬頭。她眼裡沒有淚水，無須躲藏。

「我想是死了。」她答道同時起身，拍去裙上的塵土。「他的光沒了。」

「他可能耍詐。那些沒有靈魂的傢伙是非常狡猾的。」

「我再等一天看看。」

「對，或者等兩天。然後就可以派杜比下去把屍體拖出來。他比老馬南強壯。」

「但服侍累世無名者的是馬南，不是杜比。大迷宮裡有些地方，杜比不該進去。那賊現在就在這種地方。」

「有什麼關係，反正大迷宮已經被污損了……」

「他的死可以讓大迷宮重新潔淨。」阿兒哈說。從柯琇的表情，她可以判斷自己的神色想必有點怪異。「女祭司，這是我的領域，我必須遵照我歷世主母的命令照顧它。關於死亡，我已經知道很多了，不用教我。」

柯琇的臉往黑帽兜裡縮了縮，就像沙漠烏龜縮進龜殼，她冷淡不悅地遲緩應道：「很好，女主人。」

兩人在雙神廟的祭壇前分手。既然已告訴柯琇說她知道該怎麼做，阿兒哈於是從容走向小屋，喚來馬南，囑他陪行。

她與馬南一同爬上山丘走入寶座殿，進入大墓穴。兩人用力合扳長門把，打開大迷宮的鐵門。他們點燃燈籠後入內，阿兒哈帶路前往彩繪室，再由彩繪室走向大寶藏室。

那個賊沒走多遠。她和馬南在曲曲折折的隧道才走不到五百步，就遇見他了；他癱在狹窄的地道上，像團破布被扔在地。他倒下去前，手杖先掉地，落在與他有點距離的地上。他的嘴唇有血，眼睛半閉。

「他還活著。」馬南跪下，黃色大手放在男人喉頭探脈搏。「要不要我扼死他，女主人？」

「不，我要他活著。把他抬起來，跟我走。」

「要他活著？」馬南不解：「為什麼，小女主人？」

「讓他當陵墓的奴隸！別多問，照我的話做。」

馬南的臉比以前更憂鬱了，但仍遵從指示。他頗費了點力氣，把這年輕男人像個長布袋似地舉到肩膀上，尾隨阿兒哈蹣跚前行。在那樣的負重下，馬南一次沒法走太遠，為了讓他喘喘氣，這趟回程總共歇了十幾次。每回停留的地方，廊道看起來都一樣：灰黃色石頭緊疊成穹窿，石地不平，空氣停滯。馬南哼哼喘喘，肩上的陌生人靜臥著，兩只燈籠照射出暗淡光圈，越往外越稀薄，最後沒入廊道前後的黑暗中。每次暫停，阿兒哈就拿起帶來的水瓶，對準男人乾焦的嘴巴滴點水，一次一點點，唯恐回生太倉促反而害死他。

「去囚鏈室嗎？」他們走到通往鐵門的通道時，馬南問。阿兒哈一聽，才開始思考該把這囚犯帶去哪裡。她也不曉得哪裡好。

「不行，囚鏈室不行。」她說，頓時又被記憶中的濃煙、惡臭及虯髮遮面、一語不發的沈默臉孔攪得難受起來。況且柯琇可能會去囚鏈室。「他……他必須留在大迷宮，這樣他才無法恢復巫力。哪個房間有……」

「彩繪室有門，有鎖，也有偵窺孔，女主人。如果妳確信他不會穿門逃走。」

「他在地底下沒有巫力。就帶他去那兒吧，馬南。」

背著重負走了來路的一半，現在要走回去，馬南又累又喘，根本沒力氣抗議，只挺挺背脊將男人背同肩頭。回到彩繪室後，阿兒哈脫下身上厚重的羊毛冬季長斗篷，鋪展在塵埃滿布的地上。「把他放在上面。」她說。

馬南大口喘氣之餘一臉驚愕，憂鬱地呆望著阿兒哈。「小女主人……」

「我要他活著，馬南。瞧他現在發抖的樣子，他會冷死。」

「妳的外套會變成不潔。這是第一女祭司的外套，而他不但不信神，還是男人。」馬南脫口而出，小眼睛瞇著，宛如處於痛苦中。

「事後我會把這件斗篷燒燬，再織一件！快，馬南！」

聽阿兒哈這麼說，馬南順從地彎腰放下肩上囚犯，讓他躺在黑斗篷上。那男人宛如死了般癱著，但喉頭脈搏仍猛烈跳動，不時一陣痙攣使他的身軀打哆嗦。

「應該把他鏈銬起來。」馬南說。

「他像是會惹麻煩的危險人物嗎？」阿兒哈譏嘲道。但她見馬南手指一個釘在岩塊裡的鐵製鎖扣，表示可以把囚犯鏈住後，就遣他去囚鏈室拿鐵鏈和扣環。馬南走下廊道，一邊喃喃抱怨，一邊口誦隧道走法。他曾經來回於彩繪室和囚鏈室之間，只是從不曾單獨走過。

在僅餘的一盞燈籠光照下，四面牆壁上那些有下垂大翅膀、在無盡沈寂中或蹲或站的樸拙人形，好像都挪移擾動起來。

她跪下，用水瓶滴水進囚犯嘴中，一次滴一點點。最後他咳了一下，兩手虛弱地舉起來要拿水瓶，她讓他拿去喝。他喝完躺下時，水漬加上灰塵和血跡，一臉髒污。他含糊不清地說了些話，只有幾個字，但用的是她聽不懂的語言。

馬南終於拖了一長條鐵鏈回來了，還帶了一個可以鎖銬的大枷鎖，以及一個恰合囚犯腰圍的鐵環。「這鐵環不夠緊，他可以滑開。」馬南把鏈子鎖在牆上的鐵圈時，喃喃叨唸著。

「不會，你瞧。」阿兒哈現在比較不怕這囚犯了，她伸出手，親自演示鐵環和男人腰肋間所剩細縫，就連她的手也放不進去。「除非他挨餓超過四天。」

「小女主人，」馬南以愁慘語調說道：「我倒不是懷疑什麼，但……讓他當累世無名者的奴隸有什麼益處？他是男人呀，小人兒。」

「馬南，你實在是個老呆瓜。噯，快弄好，我們要走了。」

囚犯睜著明亮但疲乏的雙眼注視這兩個人。

「馬南，他的手杖呢？在那兒。我要帶走，它有魔力。唔，還有這個我也要帶走。」她迅速一躍上前，抓住男人衣領邊的銀鏈子，將鏈子繞過男人的頭；那男人試圖抓她手臂制止，但背部被馬南踢了一腳，阿兒哈將銀鏈子一甩，他就搆不到了。「這是你的護身符嗎，巫師？你很寶貝它是不是？看起來沒什麼價值呀，你沒錢買個更好的嗎？讓我替你好好保管吧。」說著，她把銀鏈子掛在自己脖子上，並將墜子藏在羊毛外袍的厚領子底下。

「妳不了解它是做什麼用的。」男人說著，聲音極沙啞，所講的卡耳格語發音不正確，但意思表達得倒是夠清楚。

馬南再踢了他一腳。這一踢，囚犯疼痛地嗯哼一聲，閉上雙眼。

「別管他了，馬南，走。」

她離開彩繪室，馬南咕噥著尾隨。

當晚，所在地的燈火盡熄時，阿兒哈又單獨爬上山丘。她從寶座殿後面的井裡汲水出來裝滿水瓶，拿著這瓶水及一大塊未發酵的蕎麥扁麵包，進入大迷宮的彩繪室。她把這兩樣東西放在囚犯剛好搆得著的地方。他已入睡，動也沒動。她放好東西就轉身返回小屋，那一夜，她也睡得飽實安穩。

午后，她單獨再去大迷宮。麵包已不見，水瓶已空，陌生人背靠牆坐著，帶著塵土和傷疤的臉依舊狀極可怕，但表情戒慎。

她站在他正對面的角落處，男人被鏈著，不可能碰到她。她打量了他一下就別開臉，但這室內沒什麼特別東西好看。她不肯說話，好像有什麼攔著她開口似的。她一顆心怦怦跳，像是害怕。其實沒有理由怕他，他在她的掌控中。

「有光真好。」他說話輕和深沈，讓她心慌。

「你叫什麼名字？」她蠻橫地問，覺得自己的聲音頗異常，格外高細。

「嗯，平常大家都叫我雀鷹。」

「雀鷹？那是你的名字？」

「不是。」

「那你到底叫什麼名字？」

「我不能告訴妳。妳是陵墓第一女祭司嗎？」

「嗯。」

「大家怎麼稱呼妳？」

「阿兒哈。」

「『被吞食的人』……那名字是這個意思嗎？」他的黑眼睛專注地看著她，嘴角略帶微笑。「妳的名字叫什麼呢？」

「我沒有名字。別問我問題。你是哪裡人？」

「內環諸島的人，在西方。」

「黑弗諾嗎？」

那是她僅知的內環諸島的城市或島嶼名稱。

「是的，我從黑弗諾來。」

「你來這裡做什麼？」

「峨團陵墓在我們國人之間很有名。」

「但你是個異端，不信神。」

他搖頭。「不，女祭司。我相信黑暗的力量！我在別的地方遇過『累世無名者』。」

「在什麼地方？」

「在群島區，就是內環王國。那裡也有很多地方從屬於大地太古力，那太古力與這裡一樣。只是它們都不比這裡的巨大，而且其餘地方的太古力都沒有神廟和女祭司，也不像在這裡這麼受敬拜。」

「你是來敬拜的？」她嘲弄道。

「我來盜搶。」他說。

她盯著他認真的臉：「你太過自信了！」

「我曉得這不容易。」

「容易？根本就不可能辦到。假如你信神，你就會知道那根本是不可能的。累世無名者看顧著她們所屬的東西。」

「我要找的東西不是她們的東西。」

「那肯定是你的東西囉？」

「我來要求歸還。」

「這麼說的話，你到底是什麼，神嗎？還是君王？」她上下打量他。眼前這男人疲憊地坐在地上，身子被鏈銬住，全身骯髒。「你不過是個賊！」

他沒答腔，只以目光迎視。

「你不准正面注視我！」她高聲道。

「小姐，」他說：「我無意冒犯。我是個陌生人，而且是侵入者。我不懂妳們這裡的規矩，也不曉得謁見護陵女祭司應有的禮節。我現在不過是妳手掌心的螞蟻，萬一不小心冒犯，還請寬恕。」

她立在原處，沒有回應。有一刻，她覺得血液升上臉頰，熱燙而可笑。但他已經沒在看她，也就沒見到她臉紅。他早已聽命望向別處。

兩人不說話好一會兒。四周牆上的人形以悲傷空洞的眼神注視他們。

她帶了一整石罈的水。見他的眼睛一直飄向它，好一會兒後她才說：「你要是想喝水，喝吧。」

他立刻蹣跚爬向石罈，像端起酒杯般輕鬆舉起，一口氣喝了很久。接著，他把袖子一角打濕，盡可能把臉上和手上的污垢、血漬、蛛網等擦拭乾淨。這過程頗花了些時間，女孩在一旁看著。擦拭完畢後，他看起來好多了，但這番打理讓一邊臉頰上的傷疤露了出來，那是癒合很久的舊傷疤，呈四道平行稜線，由眼睛延展至頷骨，有如被巨爪抓傷留下的痕跡，在黝黑的臉上顯得白。

「那個傷疤，」她問：「是怎麼來的？」

他沒立刻回答。

「是龍爪抓傷的？」她這麼問道，有意嘲弄。她下來大迷宮，不就是為了取笑她的受害者，藉他的無助來折磨他嗎？

「不，不是龍抓的。」

「這麼說，至少你不是龍主囉。」

「不對，」他頗不情願地表白：「我是龍主沒錯。但這傷疤是在成為龍主以前造成的。我剛才說了，我以前在這世上別的地方遇過黑暗力量。我臉上這傷疤正是累世無名者的親族之一留下的記號。但他已不再無名，我最後知道了他的名字。」

「你在說什麼？什麼名字？」

「我不能告訴妳。」他說著，雖然一臉正經，卻帶著微笑。

「一派胡言，傻瓜亂扯，褻瀆神聖。她們名叫『累世無名者』！你根本不曉得自己在說什麼……」

「女祭司，我比妳知道得清楚。」他說時聲音越加深沈：「妳再仔細看一看！」他轉頭，以便讓她確實看見橫踞他臉頰的可怕記號。

「我不相信你的話。」她說，聲音顫抖。

「女祭司，」他柔和地說：「妳年紀不大，服侍黑暗無名者的時間不可能很久。」

「但我已經服侍很久，非常久了！我是第一女祭司，重生者，一千年前又一千年前我就已經開始服侍我的眾主母了，我是她們的僕人，她們的口，她們的手。對於玷污陵墓、看了不該看的東西的人，我也是復仇者！你別再瞎掰，也別再說大話了，難道你看不出來，只要我喊一聲，我的守衛就會過來砍掉你的頭？或者，要是我離開並鎖上這扇門，我所服侍的那些主母就會吃掉你的筋肉和靈魂，把你的骨頭留在這些塵土中？」

他默默點頭。

她結結巴巴，發現已無話可說，便咻地衝出房間，砰地用力拉上門閂。就讓他以為她不再回來好了！讓他在黑暗中冒汗，讓他大肆咒罵並顫抖，然後拚命努力操作他那些不潔、無效的魔法！

但在她的心眼中，卻看見他舒展而眠，一如先前在鐵門邊時那樣：宛若綿羊躺在陽光和煦的草坪上，那麼安詳超然。

她在拴好的門上吐口水，畫上去除不潔的記號，然後跑步般迅速返回墓穴。

一路曲曲繞繞返回寶座殿活板門的途中，她以手指貼拂牆面優美的岩石花紋，感覺它們好像凝結的花邊。她全身上下掃過一股渴望，想點燃燈籠，再看看那些時間打造的岩石、再瞧瞧牆上美麗的閃光，只要看一眼就好。但她閉緊雙眼，繼續快步行進。

【第七章】

大寶藏室
The Great Treasure

過去在日常祭典儀式中擔綱盡職，好像不曾像今天感覺這麼繁冗、瑣碎又漫長。一個個面容無光、舉態鬼祟的小女孩，一個個躁動不安的見習生，一個個外表嚴峻冷酷的女祭司——她們的人生是謎樣綜合體，集嫉妒、苦惱、狹小抱負與薄弱熱情於一身——這些女子日日與她為伍，構成她所知的人間，這時竟顯得可憐又可厭。

但服侍巨大力量的她、身為恐怖黑夜女祭司的她，得以免除了流於心胸狹窄的弊病。她不用操心日常生活的勞形苦役。在這裡，只要比旁人多拿點肥油澆在盤中扁豆上，就值得高興老半天。但她完全不必過那種日子。地底沒有白天，那裡始終只有黑夜。

而在那無止無盡的黑夜裡，那個黝黑的男囚犯，那個幽暗技藝的操持者，被綁在固定於岩石內的鐵鏈中，等待著不知來不來的她，等待著她帶水、麵包和生命去給他——或是帶刀、屠夫碗和死亡，端視她一時念頭而定。

除了柯琇以外，她不曾告訴別人有關囚犯的事，柯琇也沒再告訴別人。現在，他已經在彩繪室待了三天三夜，柯琇卻壓根沒向阿兒哈問起。也許她認定囚犯早死了，而阿兒哈已吩咐馬南把屍體拖進骸骨室。儘管柯琇不像是那種凡事認為理所當然的人，但阿兒哈告訴自己：柯琇默不吭聲一點也不奇怪，她希望每件事都隱密不宣，她也不喜歡問問題。加上阿兒哈告訴過她別插手管第一女祭司的事，所以柯琇只是完全服從指示罷了。

然而，假如那男人理當死了，阿兒哈就不能吩咐人為他準備食物，所以除了從大屋地窖偷點蘋果和洋蔥乾以外，其餘只好自己設法。她假裝想單獨進餐，命人把早餐和晚餐送到小屋，但她自己只喝湯，等到夜裡就把其餘食物送進大迷宮的彩繪室。她早已習慣一次禁食一天或高達四天，所以不認為這有什麼問題。大迷宮裡那個傢伙把她帶去的麵包、乳酪和豆子吃個精光，雖然分量不多，但著實像青蛙吞食蒼蠅：啪！轉眼一乾二淨。很顯然，他還能吃上五、六份；但他鄭重向她道謝，有如他是客人，而她是女主人，為他準備了傳聞中在神王宮殿舉行的豪宴，滿席烤肉、奶油麵包，還有盛於水晶杯中的美酒。

「告訴我內環島嶼那邊的生活情形？」

她帶了一張椅腳交叉的象牙製摺疊小凳子下來，對囚犯問話時就不須站著，也不用坐在地上與他齊平。

「唔，那裡有很多島嶼。人家說，單是群島區的大小島嶼就有四乘四十那麼多，群島區之外還有四個陲區，但沒有人航遍四陲區，也就沒法計算總共有多少島嶼。每個島嶼各自不同，其中最可觀的可能首推黑弗諾，它是世界中心的最大島。

這座大島的中心有寬闊海灣泊滿船隻，那是黑弗諾城。全城塔樓都用白色大理石建造，每個親王和商人的房子都加建塔樓，滿城塔樓高低錯落。房舍屋頂鋪了紅磚瓦，運河橋梁都有紅、藍、綠相雜的鑲嵌畫。親王的旗幟有各種顏色，飄揚在白色塔樓上。其中最高一座塔樓懸掛著『厄瑞亞拜之劍』，形成一座朝天小尖塔。太陽升起時，那裡最先迎接陽光，劍身映著日照閃閃發光；太陽下沈時，那把劍依舊會在暮色中綻放金光一小段時間。」

「厄瑞亞拜是什麼人？」她心照不宣問道。

他舉目注視她，沒說什麼卻微微一笑，繼而想通似地說：「妳們這裡確實可以耳聞一點他的事蹟，但大概只知他來過卡耳格四島。妳對那個故事了解多少？」

「我知道他失去他的巫杖、護身符與力量，就和你一樣。」她回答：「後來他躲過打敗他的高等祭司，逃到西方，最後被龍殺了。其實，他如果逃進陵墓這裡，就不須勞駕那些龍了。」

「這倒是真的。」她的囚犯說。

她察覺厄瑞亞拜是個危險話題，想就此打住。「人家說他是龍主。你說你也是。那你告訴我，龍主是什麼？」

她詢問的口氣帶著奚落嘲弄，但他的回答都直率明確，好像深信她的問題不帶惡意。

「『龍主』是龍肯對談的人。」他答道：「或者至少得達到這一點。倒不是像多數人所想的運用什麼妙計或騙術去御龍，因為龍根本不受駕御。關鍵不外乎：碰到龍時，牠是肯同你說話，或是想把你吃掉。假如你有把握讓牠採取前一種行動而放棄後一種，你就是龍主了。」

「龍會說話？」

「當然！牠們講的是最古老的語言，也是我們施展幻術和形意法術時得運用的語言，我們學得非常辛苦，也大多運用得殘破不全。從沒有人把那種語言學齊全，甚至連十分之一都不到。人類沒有時間學，但龍可以活千歲……因此妳大概不難想像，牠們是值得交談的對象。」

「峨團島這裡有龍嗎？」

「我想，已經消失好幾世紀了吧，卡瑞構島也沒有龍。但據說在你們帝國最北邊的胡珥胡島深山裡還有很多巨龍存在。至於內環島嶼，牠們現在都聚居在最西邊，就是遙遠的西陲區那些沒人居住也少見人跡的島嶼。牠們飢餓時會飛到東邊島嶼掠食，但那種情況不多。我去過一座島嶼，看到群龍聚集在那兒飛舞，牠們張開巨大翅膀盤旋，有如秋天黃葉飛掃，在西方海洋的上空節節高飛。」這幅景象歷歷在目，他兩眼凝神，似乎穿透了暗沈沈的壁畫，透視了牆壁、土地與黑暗，見到一望無際伸向落日的開闊海，見到了在金黃風煙中翻騰的金龍。

「你騙人，」女孩厲聲道：「你瞎編。」

他驚異地注視她，「為什麼我要說謊，阿兒哈？」

「好讓我感覺自己像個笨蛋，又蠢又沒膽；好讓你變成智者，勇氣十足、有力量，又是個龍主，又這個又那個。你看過龍舞，見過黑弗諾的白色塔樓，你樣樣都曉得；而我一無所知，什麼世面也沒見過。但你所說的全是騙人的！你什麼也不是，只是個竊賊兼囚犯，你甚至沒有靈魂，永遠別想離開這地方。到底有沒有海洋、龍、白色塔樓那些東西都沒關係，反正你再也見不到它們，甚至連陽光都別想再瞥到一眼。我只知道黑暗這個地底黑夜，但它真實存在，也是最終要認識的全部。寂靜與黑暗。巫師，你什麼都懂；而我只知道一件事，但這是真實的一件事！」

他低下頭，兩隻銅褐色長手靜置膝頭。她又看見他臉頰上的四道傷疤。他比她更深入黑暗，就連死亡，他也比她更了解……一股因他而起的怨氣突然湧上心頭，瞬間卡在她喉嚨。為什麼他坐在那裡，一無防衛卻又那麼強壯？為什麼她沒法打擊他？

「我讓你活下來，」她突然脫口而出，絲毫沒經事先考量：「是想瞧瞧術士的把戲是什麼樣子。只要你露些把戲給我看，就可以繼續活下去。要是你什麼也不會，只會耍些騙術愚技，我只好把你解決了，明白嗎？」

「明白。」

「很好，開始吧。」

他將頭埋進手中片刻，並動了動姿勢。那個鐵圈使他怎麼都不舒服，除非躺平。最後他抬頭，一臉嚴肅說：「阿兒哈，妳聽我說，我是個法師，也就是妳們所稱的巫師術士。我是有些技藝和力量，那是真的。但在這個太古力的所在，我的力氣很小，而且技法不聽我使喚，這也是真的。我雖然能替妳表演一下幻術，讓妳見識各種奇景，但那是巫道最微末的部分。我小時候就會玩幻術了。我甚至可以在這裡操作那些幻術，不成問題；關鍵是，如果妳相信那些幻術，妳會覺得害怕，那種恐懼倘若轉成憤怒，妳可能會想把我殺掉。但如果妳不相信那些幻術，妳會認為它們只是騙術愚技，就像妳剛才說的。結果呢，我還是會喪命。但此時此刻，我的目標和欲望是繼續活下去。」

這番話讓她不由得笑起來，她說：「噢，你會活一陣子的，難道你看不出這點？真笨哪！好了，讓我看看那些幻術。我曉得它們是假的，不會害怕。就算它們果真不假，我也不會害怕。你儘管開始吧。你寶貴的皮肉暫時還很安全，至少今晚沒問題。」

聽了這話，跟她剛才一樣，他也笑了。兩個人把他那條命當成球似玩著，丟過來拋過去。

「妳希望我表演什麼給妳看？」

「你能表演什麼？」

「什麼都能。」

「真會吹噓！」

「不，我不是吹噓，」他說著，顯然有點被刺傷：「不管怎麼說，我沒有自誇的意思。」

「露幾手你認為值得看的，什麼都行！」

他低頭注視兩隻手一會兒。沒出現什麼。她燈籠裡的獸脂蠟燭穩定地燃放微光，牆上暗沈畫中那些長了鳥翼但不會飛的人形，張著暗紅白色眼睛虎視眈眈盯著他們倆。四周沒有一絲聲響。她失望地歎口氣，甚至有點悲傷。他太虛弱了，只會講大話，什麼也變不出來。他什麼也不是，不過是個擅長說謊的人，甚至連個高明的竊賊都稱不上。「算了。」她終於說，並拉起裙子準備站起來。她移動時，羊毛衣裙發出奇怪的窸窣輕響。她低頭看，驚詫地站起身。

她穿了好幾年的厚重黑衣裙不見了，換成一襲天藍色絲質禮服，明亮柔和，有如傍晚的天空。禮服自腰部鼓脹成鐘形，裙子部分用銀色細線鑲滿小珍珠和細水晶，迸發柔和閃光，宛如四月雨。

她啞然注視眼前的魔術師。

「妳喜歡嗎？」

「這——」

「有一次我在黑弗諾新宮殿舉行的日迴宴上看見一位公主，她身上的衫裙很像這套。」他說著，一邊滿意地打量那襲衣裳。「妳要我展示些妳認為值得看的東西。我讓妳看妳自己。」

「把它——把它弄掉。」

「妳給了我妳的斗篷，」他責備似地說道：「我能不給妳什麼嗎？嗳，別擔心，這只是幻象，瞧！」

他一根手指也沒動，也確實一個字都沒說，但那襲華麗的藍絲衣裳不見了，她身上依舊是粗布黑衣衫。

她靜立俄頃。

「我要怎麼知道，」她終於說：「你就是外表看起來的那個人？」

「妳不需要這麼做，」他說：「我不知道對妳而言我看起來像什麼。」

她又沈思起來。「你可能騙我，騙我相信你是……」她中斷話語，因為他突然舉手向上指，動作非常迅速。她以為他在施法術，連忙快步向門口退卻；但她隨他手指的方向看上去，看到高處漆黑圓拱屋頂上的小方塊，也就是雙神廟寶物間的偵窺孔。

那個偵窺孔沒透出光線，她什麼也看不見，也聽不出上邊有人；然而，他指出那個小洞，還用疑問的目光注視她。

兩人屏息靜立良久。

「你的魔術只是騙小孩的笨玩意兒。」她清楚說道：「全是騙人的把戲。我看夠了，你將被送去餵食累世無名者，我不會再來了。」

她拿起燈籠走出去，並大聲拉好鐵門門閂。之後，她站在門外心慌不已。接下去該怎麼辦？

柯琇看見或聽見多少？剛才他們談了些什麼？她想不起來了。好像原本想對這囚犯說的話，一個字都沒提。那個人大談龍、塔樓，還替無名者取名字，他提到想活下去，也感激她給他斗篷躺等等，他講話總是讓她心慌意亂。他沒提到她猜想他會說的話，她也沒問他有關那個護身符的事。那個護身符她還戴著，藏在胸前。

既然柯琇一直在偷聽，或許沒問起護身符反倒好。

噯，又有什麼關係，柯琇能做出什麼有害的事呢？她這樣自問時，內心已有答案：要殺死一隻被關的老鷹再容易不過了。那男人被鏈在石籠中一籌莫展，神王女祭司只要派她的僕人杜比趁夜去把他掐死就行了；或者，如果她和杜比不曉得大迷宮的路徑，只要從偵窺孔把毒灰吹進彩繪室就夠了。她有很多盒那種邪毒，瓶瓶罐罐，有的可摻在食物裡，有的可和在飲水中，還有的可產生毒氣，只要吸入那種空氣夠久必死無疑。那囚犯可能明天早晨就沒了心跳，到時這件事就告終，墓穴裡永遠不再有光亮。

阿兒哈想到此，快步穿過狹窄岩道走到墓穴入口，馬南在這兒，像隻老蛤蟆蹲伏在黑暗中等她。由於阿兒哈數度去看囚犯，馬南深感不安，而她又不肯讓他同行，所以兩人協定讓馬南在入口處等候。現在她很高興他就在那兒，可以就近差遣；至少她可以信賴他。

「馬南，仔細聽。你現在立刻去彩繪室對那囚犯說，你要把他帶去活埋在墓穴底下。」馬南的小眼睛一亮。「你要大聲說。說完就把鐵鏈鎖打開，帶他去……」

她停了話，一時拿不定主意藏匿囚犯的最佳所在。

「帶他去墓穴。」馬南熱切地說。

「不是，傻瓜。我只是要你那樣說，可不是真要你那麼做。等一等……」

哪個地方安全，可以躲過柯琇和柯琇的密探？只有地底那些最深的地方才安全，也就是無名者轄域中最神聖、最隱密的地方，柯琇或許不敢去。然而，柯琇不是幾乎什麼都敢嗎？她或許怕黑暗的地方，但她是那種會壓抑畏懼，不達目的不罷休的人。過去這麼多年，從薩珥，從前世阿兒哈，或甚至從自己暗自探索中，柯琇到底摸熟多少迷宮路徑，這點無從得知。阿兒哈懷疑柯琇知道得比她假裝知道的多。但有一條保密周全的祕密通道，柯琇肯定還無從知曉。

「你得帶著那名囚犯跟我走，而且得摸黑走。等我帶你回來這裡時，你再去墓穴裡掘個墳，放口棺材進空墳後把泥土填好。要做到有人去找的話，可以找得到那座墳。墳要掘得深，懂嗎？」

「不懂。」馬南頑固而焦躁地說：「小人兒，這種策略不聰明。很不好。根本不該有男人在這裡面！會遭懲罰的——」

「你這老笨蛋，想被割掉舌頭嗎！膽敢指示我怎麼做事嗎？我遵從黑暗力量的指令，你要遵從我！」

「對不起，小女主人，對不起……」

他們返回彩繪室。抵達後，她在外面隧道等候，馬南走進去，從牆上鎖扣解開鐵鏈。她聽見男人低沈的聲音問：「要去哪，馬南？」而沙啞男高音不高興地答道：「我女主人說，要把你活埋在墓碑底下的墓穴。起來！」她聽見沈重的鐵鏈匡噹響，有如鞭子。

囚犯出來了，兩隻手臂被馬南用皮帶綁著。馬南跟在後面拉著他，看起來像用短皮帶牽小狗，只不過項圈是圍在腰間，而皮帶是鐵製的。男人眼光轉向她，但她吹熄燭火，未發一言即開步行入黑暗。她馬上像先前沒帶燈火進入大迷宮時那樣，踩著一貫緩慢但穩健的步伐，並一路用指尖輕拂兩邊牆壁。跟在後頭的馬南和囚犯因受鐵鏈限制，走起路來比她笨拙多了，只能拖拉著蹣跚前進。但是，非讓他們摸黑行走不可，她不想讓他們任何一個認得路。

出了彩繪室左轉，略過兩個開口，接著在四叉道右轉，再略過右邊一個開口；然後是一段冗長的側彎路，之後是一段下行的長臺階。這臺階很滑，對一般人的腳而言又太窄了。她以前最遠就只走到這段臺階的尾端。

這裡的空氣較為濁臭，感覺滯塞，還帶有嗆鼻氣味。但她清楚方向，就連薩珥當初講述的音調，她也清楚記得：走完臺階（她聽見背後囚犯在漆黑中絆了一跤，以及馬南用力拉扯鐵鏈讓他站起來時的大口喘息聲），到階底時立刻左轉一直走，經過三個開口後右轉直走。隧道都側彎且向某一面傾斜，沒有一條呈直線。「接著要走『巨坑』的邊緣，」薩珥的聲音在她腦子的黑暗中說：「那道邊緣路很窄。」

她放慢腳步，彎腰，伸出一隻手觸摸路面。隧道由此直行一大段，帶給走動者錯誤的確定感。突然間，她那隻不停在前方摸索岩面的手什麼也沒摸著。起先還有道岩石邊緣，再過去便一片空無。右邊隧道的岩面往下直垂坑底，左邊則有個凸出的長條磴道，寬度不及人的單手橫幅。

「注意這裡有個巨坑。面向左邊牆面，緊貼岩石側走，腳滑行。馬南，拉緊鐵鏈……你們都在磴道上吧？這磴道越來越窄，別把重量放在腳後跟。好，我越過巨坑了，把手伸過來給我，來……」

這段隧道呈短促的「之」字形伸展，還結合了許多側開口。他們經過某些開口時，腳步聲引來怪異的空蕩迴響；更奇怪的是，可以感覺到一絲向內吸的淡微過堂風。那些側開廊道一定都是以他們剛通過的那種巨坑收尾。或許在大迷宮這個低窪地帶有個凹洞，是個深邃的巨無霸洞穴，相較之下墓穴實在微不足道。也許那還是個朝下通往虛無的大黑洞。

但巨坑上方就是他們正進入的漆黑隧道，上下左右越來越低窄，到後來連阿兒哈都得低頭彎腰。這條路沒有盡頭嗎？

盡頭乍然出現，是一扇緊閉的門扉。阿兒哈俯身靠過去，由於速度稍急了些，頭和手都撞了一下。她先摸到匙孔，接著在腰帶鐵環中摸索那把從沒用過的小鑰匙，那把匙柄呈龍形的銀色鑰匙。沒錯，正是這支，轉得動。她開啟了峨團陵墓大寶藏室的門。一股乾枯、沖鼻、不流通的空氣穿過黑暗向外歎了口氣。

「馬南，你不可以進去，你在門外等。」

「他能進去，我不可以？」

「馬南，你要是進這房間，就不能出來了，這條戒律是針對除我以外的所有人。除了我，其他凡俗之軀都不能活著走出這房間。你要進去嗎？」

「我在外面等。」憂鬱的聲音在黑暗中說道：「女主人，女主人，別關門喔——」

馬南的警戒使她膽怯至極，她讓門半開半閉。這地方真的讓她充滿迷茫的恐懼，而那囚犯雖然被綁著，她對他仍有幾分不信任。一進到門內，她馬上點燃燈火。她兩手發抖，加上這裡空氣密閉不流通，燈籠的蠟燭好不容易才點著。但長程摸黑走下來，即使昏黃的小燭火也顯得明亮；在這燭火映照下，大寶藏室裡滿布晃動的影子，陰森森壓迫著他們。

室內共有六口大箱子，全用岩石打造，都積了一層厚灰，像麵包上生長的霉。而除了石箱，室內一無所有。牆壁粗糙，屋頂低矮。這地方很冷，那種沒有空氣而深透骨子的冷，使心臟血液似乎停止流動。沒有蛛網，只有灰塵，因為沒有任何生物在此存活，完全沒有，連大迷宮裡那種罕見的白色小蜘蛛都沒有。灰塵很厚很厚，而每顆塵粒或許正代表此處無時間無光明之下所經過的每一天。日月年歲全部化為塵埃。

「這就是你要找的地方，陵墓大寶藏室。」阿兒哈的聲音沒有顫抖：「但你進來後，就永遠出不去了。」

他未發一語，面容寧靜，眼裡卻含了些令她惻動的質素：一種被人背叛的神情，悽愴悲涼。

「你說你想活著，這裡是我僅知能讓你繼續活下去的地方。雀鷹，柯琇早晚會殺掉你，不然就是叫我殺掉你。但她到不了這裡。」

他依舊沒說半句話。

「不管怎樣，你永遠別想離開這陵墓了，這一點你難道沒想通嗎？不過也沒差別，反正你已經進來了……來到你旅程的終點。你要找的東西應該就在這裡。」

他在一口大石箱上坐下，神色疲憊。拖曳的鐵鏈碰到岩石，發出刺耳撞擊聲。他先環顧暗牆和陰影，而後看著她。

她把臉別開，轉向石箱。她一點也不想打開石箱，箱內到底裝了什麼神奇物品，她完全不在意。

「在這裡面你不用戴鐵鏈。」她走過去打開鐵皮帶的鎖，也解開馬南繫在他手臂上的皮帶。「我必須鎖門，但我來時會信任你。既然你知道無法離開，就別嘗試好嗎？我是她們的復仇者，我按她們的旨意行事，要是我讓她們失望，也就是假如你辜負了我的信任，她們會親自報仇的。你可別為了離開這房間而趁我來時傷害我或騙我。你一定要相信我。」

「我會遵照妳的話去做。」他溫和地說。

「一有機會，我就會帶些食物和水來給你，量不會多。水倒是一定夠，食物暫時沒法子太多，但會夠讓你維持生命；我愈來愈餓了，你明白嗎？我得先引開柯琇的注意，可能一兩天內沒辦法回來，說不定更久一點。不過，我會回來的，我保證。這水罈拿去收好，我不能很快回來，但我會回來的。」

他仰臉看她，表情奇異，說：「保重，恬娜。」

【第八章】

名字
Names

她摸黑帶領馬南回頭穿越那些蜿蜒曲折的隧道，並留他在墓穴的黑暗中掘墳。墳墓必須掘在那裡，好向柯琇證明：那名竊賊確實已受處分。時候已晚，她直接回小屋就寢。夜裡她突然醒來，想起自己那件斗篷遺忘在彩繪室。那麼他待在那個濕冷地底洞穴，除了自己的短斗篷，沒有東西保暖；而那兒除了灰塵積累的岩石，可沒床鋪。她腦子悽慘地迴盪著：「冰冷的墳，冰冷的墳……」卻因身子太疲勞而沒能完全清醒，很快又沈入睡眠，並開始做夢。她夢見彩繪室牆上的亡魂，就是那些看起來好像大鳥但有人類手腳與臉孔的形體，蹲在暗室內的塵埃上。牠們沒辦法飛，餓食泥土，渴飲灰塵。牠們是無法重生者的亡魂，是被累世無名者吞食的古代人和瀆神者。他們蹲在她四周的陰影中，偶爾發出輕微吱喳聲。其中一個起身靠近她。她起初很害怕，想後退卻無法動彈。那個靠過來的亡魂沒有人臉，只有鳥面，頭髮是金色的，牠用女人的聲音輕輕柔柔呼喚：「恬娜，恬娜。」

她醒了，嘴巴塞滿泥土。她躺在地底下一座石墳裡，雙臂雙腿被壽衣捆住，沒法移動，也不能言語。

她的絕望增大到衝破胸膛，瞬間像火鳥粉碎岩石，衝進天光中——天光，正在她那間沒有窗戶的房裡的微弱天光。

這次真的醒了，她坐起來，由於一夜噩夢無數而十分倦怠，腦子也迷迷糊糊。

她穿好衣服，走進圍牆庭院裡的貯水池邊，把手臂和整個頭浸入冰水，直到冷得血液奔竄而跳起來。然後，她把濕淋淋的髮絲甩到腦後，站直身子，仰望清晨天空。

那是個晴朗的冬日，日出未幾，微黃的天空非常清朗，一隻可能是老鷹或沙漠鷹的鳥兒在高空盤旋，牠迎著陽光越飛越高，宛如一小顆黃金在天上燃燒。

「我叫恬娜。」她站在陽光遍照的開闊天空下說著，聲音不大，身體因寒冷、恐怖與歡喜而顫抖。「我的名字找回來了。我叫恬娜！」

那一小顆黃金轉向西方朝群山飛去，消失了蹤影。小屋屋簷被陽光鍍了金。山坡下羊欄傳來羊鈴叮噹，柴煙味和蕎麥粥的香味由廚房煙囪傳出來，飄浮在清新美妙的微風中。

「我好餓……他怎麼曉得？他怎麼曉得我的名字？……噢，我得去吃點東西，肚子好餓……」

她拉起帽兜，跑著去吃早餐。

經過半斷食的三天，剛下肚的食物在心頭墊了塊基石，她穩定多了，不再那麼驚慌、興奮，也不那麼害怕了。吃完早餐，她覺得相當有把握能應付柯琇。

步出大屋餐廳途中，她追趕著走到那個高大肥胖的身形旁，低聲說：「我已經把那個強盜解決了……今天天氣真好呵！」

一雙冰冷灰眼由黑帽兜裡斜眼瞧她。

「我以為每獻祭一條人命，第一女祭司要禁食三天。」

這是真的，阿兒哈忘了。她的臉孔露出忘記的表情。

「他還沒死，」她只好這麼說，並努力裝出剛才那種隨口而出的淡然語調：「他被活埋在陵墓底下一口棺材內，棺材是木製的，沒封死，裡面有些空氣，他會慢慢才死。等我知道他確實死去時，我會開始禁食。」

「妳要怎麼知道他死了沒？」

驚慌狼狽之餘，她再度支支吾吾：「我會知道的。那個……我的主母會告訴我。」

「原來是這樣。墳墓在哪兒？」

「在墓穴。我叫馬南在那塊『平滑石』墓碑底下掘墳。」她實在不必回答得那麼快，用的又是想安撫人的笨拙語調。與柯琇談話，她應該保持尊嚴。

「活埋在木棺材裡。女主人，這樣子處決術士是危險的作法。妳有沒有確實塞住他嘴巴，好讓他沒法施咒？有沒有把他兩隻手綁起來？就算舌頭被割掉，他們只要動一根手指就能編構法術了。」

「這個術上一點本事也沒有，只會唬人罷了。」女孩提高嗓門說：「他已經埋了，我的眾主母正等著接收他的靈魂。其餘不關妳的事，女祭司！」

這回她講過了頭，其他人都能聽見；潘姒、杜比、女祭司梅貝絲，以及另外兩名女孩，全在聽力可聞的距離內。女孩們全拉長耳朵，柯琇注意到了。

「女主人，這裡發生的事都與我有關。在神王領地發生的所有事情都與不朽的神王有關，我則是他的僕人。就算得進入地底和人心，他照樣叩尋視察，任何人都不該禁止他進入！」

「我會禁止。只要累世無名者禁止，沒人可以進入陵墓。累世無名者在妳的神王出世前就存在了，就算他有朝一日崩逝，她們仍會繼續存在。女祭司，提到累世無名者時，請妳和氣些，別惹她們來向妳尋仇。當心她們進入妳的夢中，進入妳心房的黑暗角落，末了讓妳發瘋。」

這女孩兩眼宛如在燃燒，柯琇的臉縮進帽兜暗影中，潘姒和別的女孩在一旁畏怯不解地觀看。

「她們太古老了，」柯琇的聲音不大，像從帽兜深處吹送出來的一絲氣息：「她們太古老了，大家早已忘了崇拜她們，只剩下這地方還行禮如儀。她們的力量已消失，現在只不過是陰影罷了。被食者，別想嚇唬我，她們早就不再有力量。妳是第一女祭司，這豈非意味妳也是最後一個？……妳騙不了我，我看透了妳的心。

黑暗瞞不了我什麼事。保重，阿兒哈！」

柯琇說完轉身就走，穿著皮綁鞋的沈重雙腳從容大步踩壓結霜雜草，一路走向白柱之屋神王廟。

女孩瘦弱的陰暗身影兀立在大屋前院，彷彿凍結於大地內。沒人移動，沒任何東西移動。放眼望去，山丘、沙漠平原、群山、神廟、庭院，大片廣袤中只見柯琇走動。

「但願黑暗無名者吃掉妳的靈魂，柯琇！」她嘶喊，聲音有如老鷹洪啼。柯琇已步上神王廟的臺階，女孩仍猛力揮出一隻臂膀，把「詛咒」抓下來往柯琇沈重的後背拋去。柯琇搖晃一下，但沒停步也沒轉身，繼續爬上臺階，步入神王廟的大門。

那一整天，阿兒哈呆坐在空寶座最底下一級臺階上。她不敢進去大迷宮，她也不想去和別的女祭司待在一起。心頭的那份沈重使她一直坐在大殿內寒冷的昏暗中，任一個時辰又一個時辰流逝。她凝望成排延伸到大殿遠處幽暗盡頭的一對對粗大白柱，她凝望從屋頂破洞斜射進來的一道道光線，她凝望寶座近處那青銅三足鼎冒出的裊裊青煙。她低頭用大理石臺階上的老鼠細骨頭排形狀。她的腦子在活動，卻又好像遲鈍得很。「我是誰？」她自問，但沒有答案。

馬南從雙排柱中間耷拉著腳步走過來。天光不再斜照進來已多時，殿內的黑暗和寒冷都增強了。馬南蒼白的臉非常悲傷。他站在離她有點距離的地方，兩隻大手下垂，舊斗篷破了的褶邊懸在腳跟旁。

「小女主人。」

「什麼事，馬南？」她帶著淡淡的感情注視他。

「小人兒，讓我去做妳先前所說的事吧……我已經做好妳吩咐的事了。他必須死，小人兒。他蠱惑了妳，柯琇會報仇的。她年老而殘酷，妳太年輕，還沒有足夠的力量。」

「她傷害不了我。」

「她如果在大庭廣眾前殺了妳，全帝國沒有人膽敢處分她，因為她是神王的高等女祭司，而當今帝國統治者是神王。但她不會公開殺妳，她會偷偷進行，趁夜下毒。」

「我會重生。」

馬南的兩隻大手扭絞在一起，他小聲說：「或許她不會殺妳。」

「怎麼說？」

「她可以把妳關在——底下——某個房間……就像妳處置那名囚犯一樣。妳可能會一年一年活下去。一年又一年，結果，因為妳沒死，也就不會有新的女祭司重生。陵墓會變成沒有第一女祭司，黑月之舞也不會再跳了。沒有犧牲獻祭，沒有灑鮮血，黑暗無名者的敬拜活動可能永遠被遺忘。柯琇和她的神王會喜歡那種結果。」

「她們會放我自由，馬南。」

「小女主人，她們仍舊生妳的氣時，不會放妳自由的。」馬南唏噓說道。

「生氣？」

「因為他的緣故……褻瀆神聖的罪沒有償。噢，小人兒，小人兒！她們是不饒恕人的！」

她坐在最底層臺階的塵土間，低著頭，雙眼注視掌心內的小東西，一個小小的老鼠髑髏。寶座上方椽木上的貓頭鷹騷動了一下，四周因向晚而愈來愈暗。

「妳今晚別下去大迷宮，」馬南徐緩道：「回妳的小屋睡覺去。明天早晨去找柯琇，告訴她妳已經取走對她的詛咒。這樣就好了。妳用不著擔心，我會讓她看到證據。」

「證據？」

「就是那個術士已死的證據。」

她靜坐不動，但慢慢合起手掌，那脆弱顱骨卡噠潰解。再張開手掌時，掌心只餘骨頭碎屑。

「不行。」她說著，拍掉掌心碎屑。

「他非死不可。他對妳施法術，害妳迷失了，阿兒哈！」

「他沒有對我施任何法術。馬南，你年紀大膽子小，你被老女人嚇壞了。你到底怎麼想的，居然說你會去找他，把他殺了，以便獲得『證據』？昨夜你摸黑隨我走，弄清楚去大寶藏室的路徑了嗎？你算得清轉彎數，走得到那段階梯，通得過巨坑，有辦法到達門口嗎？你打得開那道門的鎖嗎？……啊，可憐的老馬南，你昏頭了。她真的嚇著你了。現在你回小屋睡覺，忘了這些事吧。永遠別再用死亡論調來煩我……我隨後就來。去吧，去吧，老傻瓜，老憨伯。」她起身輕推馬南寬闊的胸膛，又拍又推催他走。「晚安，晚安！」

儘管預感到阿兒哈想做什麼，儘管萬般不情願，馬南還是順從地轉過沈重的身軀。破屋頂和大柱子昂然在上，他蹣跚踅過長廳。她看著他離去。

不見馬南的背影良久之後，她轉身繞過寶座高臺，消失在其後的黑暗中。

【第九章】

厄瑞亞拜之環
The Ring of Erreth-Akbe

在峨團陵墓的大寶藏室，時間不走動。沒有光亮，沒有生命，甚至不見蜘蛛在塵沙中爬行，也不見小蟲在冷土裡鑽動。只有岩石，只有黑暗，時間不走動。

從內環島嶼來的那竊賊，宛如墳上雕像般平躺在一口大石箱的石蓋上。他一直躺著沒動，初來時所揚起的灰塵早在他衣服上落定。

門鎖卡答一響，門打開了。光線劃破死寂的黑暗，一絲稍微新鮮的穿堂風擾動室內沈滯空氣。男人仍躺著，但提神警戒。

阿兒哈關上門，由內鎖好，接著她把燈籠放在一口箱子上，緩緩走近那靜臥不動的身軀。她畏畏怯怯，兩眼圓睜，由於在黑暗中長程跋涉，瞳仁依舊完全放大。

「雀鷹！」

她輕碰他肩膀，再叫一次名字；不見反應，再叫一次。

他這才動了動，嗯哼出聲，好不容易才坐直起來，但面容扭曲，目光空虛，雖注視她卻認不出是誰。

「是我，阿兒哈——恬娜。我帶水來給你。哪，喝吧。」

他伸手探尋水瓶，瞎摸的樣子好像兩隻手都僵麻不堪。他拿到水瓶後喝了一會，但沒有大口大口灌。

「多久了？」他問道，出聲似乎很困難。

「自從你進來這房間有兩天了。現在是第三天晚上。我沒辦法早點來。食物也得用偷的，喏——」她從帶來的袋內取出一條扁平灰麵包，但他搖頭。

「我不餓。這——這裡真是個死域。」他把頭埋進兩手，坐著不動。

「你冷嗎？我去彩繪室拿了那件斗篷來。」

他沒有回答。

她放下斗篷，站著凝視他，有點發抖，兩眼依舊睜得黑大。

突然，她兩膝一曲，伏在地上哭起來。深切的抽噎撼動她身體，但眼淚流不出來。

他僵硬地爬下箱子，彎腰俯視她。「恬娜——」

「我不是恬娜，我不是阿兒哈。諸神死了，諸神死了。」

他兩隻手放在她頭上，把帽兜向後推，開始說話。他的聲音柔和，所用的語言她不曾聽過，但那些話音宛如雨水滴入她心田，她漸漸平靜下來聆聽。

等她完全平靜，他把她抱起來，如對待小孩般將她放在剛才他躺臥的石箱上，一手輕握住她雙手。

「恬娜，妳為什麼哭？」

「我可以告訴你。告訴你沒關係，但你幫不了忙，你無能為力。你也快死了，不是嗎？所以無所謂，什麼事都沒關係了。柯琇，就是神王女祭司，她生性殘酷，一直逼迫我像殺掉其他囚犯那樣殺掉你。但我不肯。她有什麼權力要我那樣做？我詛咒她，因為她藐視累世無名者，她譏笑她們。但詛咒她以後，我一直很怕她，馬南說得對，她不信神，她希望神被大家遺忘，她會趁我睡覺時殺掉我。因為擔心，我沒睡，也沒回小屋。昨晚一整夜，我都待在寶座殿閣樓上存放舞衣的房間。天色大亮前，我跑去大屋廚房偷了些食物，然後走回寶座殿又待了一天。我努力想找出對策。而今晚……今晚實在太累了，我以為可以找個神聖的地方安睡，找個柯琇害怕的地方。我下到墓穴，就是我頭一回看見你的那個大洞穴。結果……結果她居然在那裡。她一定是從紅岩門進去的，她帶了一只燈籠，正在扒挖馬南所掘的墳，好瞧瞧裡面有沒有死屍。她就像在墳場挖土的老鼠，還是隻肥大的黑老鼠。燭火在那個神聖的黑暗地方燃燒，但累世無名者沒有任何表示，她們沒有殺掉她或逼她發瘋。就像她說的，她們太古老了，她們死光了，全部消失了。我再也不是女祭司了。」

男人站著細聽，一隻手仍放在她雙手上，頭微低。他的臉孔與站姿恢復了點元氣，雖然臉頰上的傷疤仍是鉛灰色，衣服和頭髮也還沾著灰塵。

「我避著她穿過墓穴。她的燭火不亮，投射的陰影多於光照，而她也沒聽見我走過的聲音。我想走進大迷宮好擺脫她，但進了大迷宮後，好像一直聽見她在跟蹤我。穿越一段又一段隧道，我始終聽見有人跟在我後頭。我不曉得該去哪。我原以為這裡安全，原以為我的眾主母會保護我，守護我。但她們沒有！她們消失了，她們死了……」

「妳是為她們哭泣——是為了她們的死而哭泣嗎？但她們在這裡，恬娜，在這裡呀！」

「你怎麼知道？」她不太熱切地問。

「自從我踏進墓碑下方這個洞穴，每一刻都得努力平撫她們，讓她們察覺不出有人來這裡。我全部的技能都用來忙這件事，我花力氣把全部隧道布滿無窮無盡的法術網，包括各種催眠、平定或隱匿術，但她們仍然半睡半醒，仍然覺察到我的存在。光是這樣抵禦她們，我就筋疲力盡了。這真是個最可怖的地方。單獨一人在這裡真的半點希望也沒有。妳剛才給我水喝時，我幾乎快渴死了；不過，解救我的不單單是妳帶來的水，還有那施與水的兩隻手的力量。」說到這裡，他把她的手心轉朝上，凝視片刻；接著他轉身在室內走了幾步，又在她面前停住。她什麼話也沒說。

「妳真的認為她們死了？妳心裡最清楚不過，她們是不死的，她們就是黑暗，是不會死的；她們痛恨光明，痛恨我們人世短促但閃耀的光明。她們不朽，但她們不是神，從來都不是。她們不值得任何人類崇拜。」

她兩眼沈重地靜聽，目光停佇於燭火搖曳的燈籠。

「到現在為止，她們給了妳什麼，恬娜？」

「什麼也沒給。」她喃喃道。

「她們沒東西可給。她們沒有創生的力量，她們的力量只用來蒙蔽光明，泯滅生機。她們無法離開這地方：她們就是這地方，而這地方應該留給她們。人們不應否認或遺忘她們，但也不該崇拜她們。這世界美麗、光明又慈愛，但這不是全部。這世界也同時充斥恐怖、黑暗和殘酷。青青草坪上兔子哀鳴死去，山脈捏緊藏滿火焰的大手，海洋有鯊魚，人類眼裡有殘酷。只要有人崇拜這些東西，並在她們面前屈尊降格，那裡就會孕育出邪惡，就會產生黑暗匯集所，將那裡完全讓渡給我們稱為『無名者』的力量轄制。無名者即黑暗、毀滅和瘋狂，是這世界古老的神聖力量，先於光明存在……我認為她們很久很久以前就把妳們的女祭司柯琇逼瘋了；我認為她逡巡這些洞穴，一如逡巡『自我』的迷宮。時至今日，她再也無法見到天日。她告訴妳累世無名者已死，別信她，只有迷失了真理的心靈才相信這種話。無名者確實存在，卻不是妳的主人，從來都不是。妳是自由的，恬娜，她們教導妳當奴隸，但妳已經衝破束蘊獲得自由了。」

她一直在聽，雖然表情始終沒有變化。他沒再說什麼，兩人都沈默下來，但這時的寂靜與她進來前這室內原有的寂靜不同。這時的寂靜摻和了兩人的呼吸，添入了他們血管內的生命躍動，還有錫燈籠內蠟燭燃燒時發出的聲音，細微但活絡。

「你怎麼知道我的名字？」

他在室內來回踱步，動動手臂和肩膀，努力想抖落使人麻木的寒冷，地上的細塵因他踱步而略微揚起。

「『知道名字』是我的工作，是我的技藝。這麼說吧，想就某事物編構魔法時，你必須找出它真正的名字。在我們王國各島嶼，大家終生隱藏自己的真名，只有對自己完全信賴的少數人才透露；因為真名蘊含巨大力量和險厄。創世之初，兮果乙人從海洋深處升起地海各島嶼時，萬物都保有它們的真名。今天，所有魔法及一切巫術都還固守那個真正且古老的『創造語言』，施法術時等於在複習、回憶那項語言知識。當然，施法術前得先學習運用那些字詞的方法，也必須知道運用後的影響。但巫師終其一生都是在找尋事物的名字，或推敲找出事物名字的方法。」

「你怎麼找著我名字的？」

他端詳她一會兒，那清晰深邃的一瞥穿透了兩人中間的陰影。他猶疑片刻。

「我說不上來。妳有如一盞藏在暗處的燈籠，雖被包覆，光芒依舊閃耀。黑暗沒辦法熄滅那光亮，黑暗無法隱藏妳。我認識光，所以我認識妳，也因此知道妳的名字，恬娜。這是我的天賦、我的力量。我沒法再多告訴妳什麼。但妳告訴我，接下去妳打算怎麼辦？」

「我不曉得。」

「柯琇這時應該已經發現那墳墓是空墳了。她會怎麼樣呢？」

「我不知道。我如果回去上面，她可以叫人殺了我，因為高等女祭司說謊是要處死的。她如果想，就可以把我送去寶座殿臺階那裡獻祭。這回馬南真的會砍掉我的頭，而不是假裝舉起長劍，等候黑衣人來制止。這回長劍不會中途停住，它會揮下來砍掉我的頭。」

她的聲音虛弱徐緩。他蹙眉。「恬娜，我們若在這裡久待，」他說：「妳肯定會發瘋。累世無名者的忿怒重壓妳的心神，連我也不放過。幸好妳來了，這樣好多了。可是等這麼久，我已用掉大半力氣。沒有誰能單獨抵擋黑暗無名者，她們太強大了。」話至此打住，他的聲音已沈落，像是失去了話題線索。他舉起雙手摩擦前額，走去拿水瓶喝水，而後剝下一截麵包坐在對面石箱上吃起來。

他剛才說得對：她心頭有沈重壓力，那股壓力似乎使所有思緒和感覺轉為混亂黑暗。但現在她不覺驚恐了，不像剛才單獨穿越隧道走來時那麼驚恐。駭人的似乎只有房間外那全然的寂靜。為什麼變成這樣呢？以前她從不怕地底寂靜呀。不過，以前她從不曾違抗累世無名者，也從不曾打定主意反抗她們。

她終於輕聲一笑。「我們坐在帝國最大的寶藏室內，」她說：「連神王也甘心放棄所有妃嬪來交換一口石箱呢，我們卻連一個也沒打開看。」

「我開過了。」雀鷹嚼著麵包說。

「摸黑？」

「我造了一點光，法術光。在這地方施法術很難。有巫杖可用都難，何況沒有它，簡直像在雨中用濕木頭嘗試起火。但我勉強造出光亮，最後也找到我要尋找的東西。」

她緩緩抬頭注視他：「那片金屬環？」

「是半片。另外一半在妳那邊。」

「在我這邊？另外一半早遺失了。」

「但找到了。我用鏈子把它戴在脖子上，妳把它拿走了，還問我是不是買不起更好的護身符。比半個厄瑞亞拜之環更好的護身符，唯有完整的厄瑞亞拜之環。所以現在，妳有我的那一半，我有妳的那一半。」他穿透陵墓內的陰影向她微笑。

「我拿鏈子時，你說我不了解它是做什麼用的。」

「一點也沒錯。」

「可是你知道？」

他點頭。

「告訴我，告訴我那個金屬環有什麼作用。還有，你怎麼發現遺失的那一半？你怎麼來這裡的？為什麼要來？這些我都有必要知道，或許知道後我就曉得接下去該怎麼辦了。」

「或許吧。很好。到底厄瑞亞拜之環是什麼呢？唔，妳也看得出來，它外表不珍貴，又這麼大，實在不能說它是指環。也許是臂環，但說它是臂環好像也太小。沒人知道它是打造給誰戴的。索利亞島沈入海底消失以前，美人葉芙阮公主戴過一次，那時這個金屬環已經很古老了。後來它落入厄瑞亞拜手中……這金屬環是堅硬的銀製品，環圈穿鑿九孔。它的外側有海浪狀雕紋，內側刻有九個力量符文。妳那一半有四個符文，外加一個『象徵符文』的局部，我的也一樣。破裂處剛好穿過『象徵符文』，也毀了這符文。就因為被毀，這符號又稱作『遺失之符』。其餘八個符文，舉世各島嶼的法師皆知，比如『庇波耳符文』可防止發狂，且保風火不入；『貴斯符文』給人耐力等等。但破損的那個符文才是維繫各島嶼的符文，它是結合符文，又是統治記號，也是和平象徵。沒依循那符文，任何君王都無法把國家治理得好。沒人曉得那符文到底怎麼寫。符文遺失後，黑弗諾大島一直沒出現英明君王，反倒出了很多小王和暴君，而全地海更是戰事頻仍，紛爭不斷。

「所以群島區各地凡是有智慧的領主和法師都希望找到厄瑞亞拜之環，設法把那個失去的符文復原。但最後他們都一一放棄，不再派人四出尋覓，因為沒人有法子取得藏在峨團陵墓中的一半，而厄瑞亞拜當年交給卡耳格叛王的那一半也遺失多年。這是好幾百年前的事了。

「現在我接續這個任務。我比妳現在稍微大一點時，曾投入一項……追捕行動，一種渡海越洋的尋獵。過程中，我被我所尋獵的東西耍了，漂流到一座荒無人煙的小島嶼，就在峨團島的西南方，距峨團和卡瑞構都不太遠。那島很小，比一個沙洲大不了多少，中央有幾墩青草蔓生的沙丘及一道略鹹的泉水，如此而已。

「但那島上住了兩個人，一個老伯伯和一個老伯母，我猜是兄妹。他們見到我時驚駭異常，因為他們太久沒有見到其他人類的臉孔了。到底多久呢？可能有數十年了吧。我當時落難，所幸他們好心救助。他們住在一間用海上浮木搭蓋的小棚屋，裡面還有爐火。那老婦人給我食物，包括退潮時從岩石上撿來的貽貝，或用石頭擲射獵得製成的海鳥肉乾等。她怕我，卻仍然給我食物吃。後來，見我沒做什麼嚇壞她的事，她漸漸信任我，還讓我看她的寶物。她也有寶物……那是件小衣裳，用絲料裁製，還鑲了珍珠。那是小孩的衣服，一件公主的衣服，而她身上穿的是沒有經過好好裁製及保存的破海豹皮衣。

「我們沒法交談。當時我還不會講卡耳格語，他們則完全聽不懂群島區的語言，也不太會說卡耳格語。他們一定是很小的時候就被送去那裡自生自滅，我不曉得背後原因，也懷疑他們自己是否知道。除了那個蕞爾小島，以及那裡的風與海之外，他們一概不知世事。可是我離開時，那位老伯母送我一樣禮物，就是失落的半個厄瑞亞拜之環。」

他停頓一會兒。

「受贈之初，我和她一樣不曉得那是什麼東西。古往今來最貴重的一項禮物，就從一個穿海豹皮的可憐老愚婦手中交給一個楞不隆咚的小鄉巴佬。小鄉巴佬把禮物塞進口袋，道謝完便駕船走了……哦，所以，我繼續航行去做我該做的事。後來因為經歷別的事，我去過西邊的龍居諸嶼等地。但我一直保存著那樣小東西，我很感激那位老伯母，她把自己僅有而能贈與的禮物送給我。我用一條鏈子穿過環片上的孔洞，把它戴在脖子上，沒再留意。後來有一天，我因故去到最遠島嶼偕勒多，當年厄瑞亞拜就是在那裡與歐姆龍對打後葬身異鄉。我在偕勒多島時與一條龍交談，他是歐姆龍的子孫，是他告訴我我佩戴在胸前的東西是什麼。

「他覺得很荒誕，我居然完全不知道那是什麼。我們人類在龍族眼裡一向是很好笑的族群。但牠們還記得厄瑞亞拜，提到厄瑞亞拜時好像把他當成一條龍，而不是人。

「我返回內環諸島後終於去了黑弗諾。我是在弓忒島出生的，那島距離你們帝國西邊的島嶼不遠。我長大後雖然長期遊走四方，但不曾去過黑弗諾，也該是時候了。我見識到白色塔樓，與各路英豪、百業商賈交流，也同許多古老封邑的王孫貴族談話。交談中，我提到我有半片厄瑞亞拜之環，如果他們有意，我可以去尋找收藏在峨團陵墓內的另外一半，以期找出『遺失之符』那和平之鑰，畢竟這世界迫切需要和平。他們聽了大為讚賞，其中一位甚至重金相贈，好讓我添購船上補給品。因此，我去學了你們帝國的語言，最後來到峨團。」

講到這裡他陷入沈默，定睛凝望前方暗處。

「我們島上各城鎮的人聽你說話、看你膚色，都不知道你是西方人嗎？」

「啊，懂得一些把戲後，愚弄人很容易。」他幾分漫不經心地說：「只要製造些幻象，除了法師，沒人能識破，而你們卡耳格帝國既沒巫師也沒法師。這還真是怪事。很久以前你們就把所有巫師驅逐出境，並嚴禁演練魔法，所以今天你們都不太相信巫術。」

「我從小被教導不要信巫術，因為巫術與祭司王的教導正好相反。但我知道唯有法術才可能讓你潛入陵墓，從紅岩門進來。」

「不僅依靠法術，也得依靠好的指引。我猜想，我們比你們帝國的人較常利用書籍。妳會閱讀嗎？」

「不會。閱讀是一種不好的邪技。」

他點頭。「可是卻有用得很，」他說道：「古代一位沒偷盜成功的前輩留了些峨團陵墓的描述，以及進入的指南，只是必須懂得運用開啟大法才行。這些全寫在一本書上，就藏在西黑弗諾一位親王的寶物間裡。他讓我拜讀那本書，我才有辦法深入到大洞穴……」

「是墓穴。」

「那位撰寫路徑指南的前輩以為寶藏在墓穴那裡，所以我在那兒找了又找，但我當時就有個直覺，認為寶藏肯定在隧道網中更深遠之處。我曉得大迷宮的入口，見到妳後就跑去那裡，打算藏身在隧道網中尋找。當然，那是錯誤的盤算，累世無名者已先迷惑我的神智，捉拿了我。從那時起，我就越來越虛弱遲鈍。凡人絕不能向她們投降，必須抵制，努力保持神智穩健篤定，這一點我很早以前就體認到了。但在這兒，想這麼做可不容易，她們太強了。恬娜，她們不是神，但她們比任何凡人都強。」

兩人久久不語。

「你在寶箱裡還找到什麼東西？」她隨口問。

「都是垃圾，黃金、珠寶、王冠、寶劍。全不屬於任何一個在世的人……恬娜，告訴我，妳是怎麼被挑選來當護陵第一女祭司？」

「前一位第一女祭司去世後，她們走遍峨團島尋找女祭司死亡當夜出生的女嬰。結果總是能找到一個，因為女嬰是女祭司轉世再生。這孩子五歲大後就被帶到所在地這裡，到了六歲，就獻給黑暗無名者，並被無名者食盡靈魂，此後女孩就屬於她們，從開天闢地以來就屬於她們，沒了名字。」

「妳相信這一套嗎？」

「一直相信。」

「現在相信嗎？」

她默不作聲。

黑幢幢的寂靜又一次沈落在兩人中間。隔了很久她才說：「告訴我……告訴我關於西方那些龍的事。」

「恬娜，妳打算怎麼辦？我們不能一直坐在這裡講故事給對方聽，眼睜睜看著蠟燭燒完，黑暗再度籠罩。」

「我不曉得該怎麼辦。我害怕。」她在石箱上坐直起來，一手緊握另一手，像處在痛苦中的人那樣高聲說：「我怕這黑暗。」

他柔和回答：「妳必須做個選擇。離開我，鎖好門，上去妳的祭壇，把我交給妳的眾主母，然後去找女祭司柯琇和解，讓這故事就此結尾。或者是打開這房間的鎖，帶我出去，離開陵墓，離開峨團島，與我同去海外，而這會是故事的開端。妳必須是阿兒哈或恬娜，不能同時分作兩人。」

他低沈的聲音柔和堅定。她穿過陰影凝望他的臉，那張疤面嚴肅剛硬，但不見一絲殘酷，也沒有欺瞞。

「要是我撇下對黑暗無名者的服侍，她們會殺了我；要是我離開這裡，我會死。」

「妳不會死，是阿兒哈會死。」

「我不能……」

「恬娜，想重生必先死。從反方向看的話，就不會那麼難選擇了。」

「她們不會讓我們出去的，永遠別想。」

「可能不會，但值得試試看。妳曉得通路，我曉得技術，而且我們兩人有……」

他頓了頓。

「我們有厄瑞亞拜之環。」

「是的，沒錯，厄瑞亞拜之環。但我還想到別樣東西。或許可以稱它為『信任』……但這只是那樣東西的許多名稱之一而已。它是很了不起的一樣東西。我們每個人單獨時都軟弱，有了它就會變強，甚至比黑暗的力量強。」他的雙眼在疤面上看起來清澈明亮。「聽我說，恬娜！」他說：「我來這裡，是竊賊，是敵人，帶了裝備來對抗妳，但妳讓我看到慈悲，而且信任我。其實，第一次在墓碑底下的洞穴驚鴻一瞥，見到妳那張在黑暗中依然美麗的臉，我就信任妳了。這幾天妳已向我證明了妳對我的信任，我無從回報，願將我當給的相贈：我的真名叫格得。還有，這半片環請妳收下。」這時他已起身，把一個有孔有雕紋的半片銀環遞給她。「讓破環重合吧。」他說。

她從他手中接下那半片銀環，從自己脖子取下繫著另一半環片的鏈子，拆下環片。然後將兩片合置掌中，併攏破口，它看起來就像一個完整的環。

她沒抬起臉。

「我跟你走。」她說。

【第十章】

黑暗之怒

The Anger of the Dark

聽她這麼說，那個名叫格得的男人伸出一隻手，握住她捧著兩半片破環的雙手。她吃驚地仰起頭，看見那張輝耀著生機與勝利的臉龐正微微笑著。她心慌，也對他心生畏懼。「我們自由了，妳解放了我們兩人，」他說：「個別的話，我們沒有一個能贏得自由。快，趁我們還有時間，一刻都別浪費！妳把兩片破環舉起來一下。」她本來已緊握住破環，聽他要求便再鬆開手指，舉起手來，將環片破口互相碰觸。

他沒有去拿環片，而是伸出手指覆在上面；他說了幾個字，臉上立刻冒出汗水。她感覺手掌有奇異震動，有如原本睡在那裡的一隻小動物醒轉後在微微蠕動。格得歎口氣，緊繃的樣態鬆弛了，舉手擦拭前額。

「好了。」他說著，拿起厄瑞亞拜之環套入她右手，穿過掌寬部分時有點緊，但仍可推到腕際。「成了！」他滿意地看著：「剛剛好，它一定是給女人或小孩戴的臂環。」

「不會掉嗎？」她緊張地咕噥，感覺銀圈套在細瘦手臂上，冰涼而精巧。

「不會掉。修復這厄瑞亞拜之環，不能像鄉村女巫補水壺那樣只用修補咒，我必須運用形意咒才能使它回復完整。現在它復原了，就像不曾斷裂過。我們得走了，恬娜。我來拿袋子和水瓶，妳穿上斗篷。還有東西嗎？」

她笨拙地摸索鑰匙孔準備開門時，他說：「要是我的巫杖在手上就好了。」

她依舊耳語似地答道：「手杖就在門外，我剛才拿來的。」

「妳為什麼把手杖拿來？」他好奇問。

「我原是想……帶你到大門口，放你走。」

「妳可沒法這麼做。妳只能留我當奴隸，或是放我自由並跟我一起走。好了，小人兒，提起勇氣來，轉動鑰匙。」

她轉動那把龍柄小鑰匙，打開低黑走廊上的門。她手戴厄瑞亞拜之環走出陵墓大寶藏室，男人跟在她身後。

這時岩牆、地板和穹窿屋頂起了小震動，聲音不大，很像遠方打雷，或遠處有什麼大東西掉落。

她不由得毛髮直豎，但沒有停下動作去想原因，而是立刻把錫燈籠的蠟燭吹熄。她聽見背後男人的動作聲，以及他那低沈聲音：「我們把燈籠留下，必要時我可以用巫杖製造光。現在外頭是什麼時候？」他挨著她，近得氣息都吹拂到她髮稍。

「我來時已經午夜過後很久了。」

「這樣的話，我們要趕快行動。」

但他沒有移動。她明瞭她必須領路，只有她知道走出大迷宮的路徑，他等著跟隨。她於是開步。這段隧道相當低矮，她得弓身走，不過步調不慢。看不見的岔道吹來一道涼氣，另有刺鼻的濕冷氣味從下方浮上來，那是巨大空穴的死味。等通道高些可以站直時，她慢下腳步，計算著走近巨坑的步伐數。男人跟在她身後不遠處，輕步慢行，並留意她所有動作。她停時，他也停。

「巨坑到了，」她小聲說：「我找不到那條磴道。沒有，不在這裡。小心，岩石好像鬆了……不，不，等一下——它鬆了——」岩石在她腳下搖動，她連忙閃回來以保安全。男人抓住她手臂，並將她抱住。她的心怦怦跳。「那條磴道不安全，岩石都鬆了。」

「我造點光來看看，說不定我可以藉由正確的字咒修好它們。不要緊，小人兒。」

聽見男人用馬南習慣叫她的方式稱呼她，她感覺好奇怪。他在巫杖尾端亮起一抹微光，看似木頭餘燼或霧中星光。他開步走上漆黑巨坑旁的窄道，她突然看見他前方不遠處有一大塊黑影。她知道那是馬南，但她的聲音卡在喉嚨，像被絞刑套索勒住，叫不出聲。

馬南靠過來想把男人從不穩的踩腳處往旁推落巨坑，格得及時抬頭看見馬南，並因一時吃驚或激怒而大叫出聲，舉起巫杖揮出去。隨著叫聲，巫杖那抹微光增強到讓人吃不消，直射宦人兩眼。馬南舉起一隻大手護眼擋光，同時拚命欺身去抓格得，卻抓了個空，自己竟朝坑洞撲跌下去。

他跌落時沒喊叫。巨大黑坑也沒有一絲聲音傳上來，沒有他身體落到坑底的聲響，也沒有他死亡的慘叫聲，什麼都沒有。格得與恬娜危顫顫依附在磴道邊緣，雙腿僵麻縮跪著，動也不動仔細傾聽，但什麼也沒聽見。

那道亮光減弱成灰暗的一小枚，幾乎快看不見了。

「來！」格得說著伸手讓她拉住。走了三大步，他便領她走過磴道。他熄滅法術光，由她再度領路。她精神麻木，腦海一片空白，走了一段路才突然想：**是右邊或左邊？**

她止步不前。

格得在她身後幾步停下來，輕柔問道：「怎麼了？」

「我迷路了，造點光看看。」

「迷路？」

「我……我沒算好剛才共轉了幾個彎。」

「我算了，」他說著，走靠近些：「經過巨坑後有一次左轉，接著右轉，之後再一次右轉。」

「那麼接著應該是再右轉，」她未經思考脫口而出，但雙腳沒移動。「造點光看看。」

「恬娜，亮光沒辦法告訴我們路徑。」

「沒有什麼能告訴我們路徑。路徑亂了，我們迷路了。」

死寂淹覆並食盡她的喃喃輕語。

冰冷的黑暗中，她感覺到另一人的動作和體溫。他摸索到她的手，握住。「繼續走，恬娜。下個轉彎向右。」

「造點光看看，」她乞求：「隧道繞得太……」

「沒辦法，我沒有多餘力氣可以挪去造光了。恬娜，她們……她們曉得我們離開大寶藏室，曉得我們走過巨坑，現在來找我們了，她們想找尋我們的意志、我們的精神，以便消滅它、吞食它。我必須壓制她們，我正集中精力在做這件事。我必須抵制她們，我仰賴妳的協助。我們必須繼續走。」

「沒有出路。」她說著，但跨出一步，接著再跨一步，遲疑得宛如每一步底下都有漆黑的空洞裂口，裂口下是地底虛空。她的手握在男人溫暖堅實的掌心中。他們向前行。

好像經過很長時間，他們才走到大段臺階那裡。這些臺階不過是岩石的凹槽，他們爬著，發現前次走時不覺這麼陡。辛苦爬完這段陡梯後，接下去的步伐略快了些，因為她知道這段彎道很長，中間沒有側岔道。她的手指摸著左牆做為導引，觸摸到一個左開口。「到了。」她咕噥道，但格得好像反而倒退了一下，彷彿她的動作中有些成分讓他起疑。

「不對。」她混亂地低聲說：「不是這個左開口，應該下個開口才左轉。我不曉得，我走不來，沒有路可以出去了。」

「我們要去彩繪室，」沈靜的聲音在黑暗中響起：「我們應該怎麼去？」

「略過這開口，下個開口左轉。」

她帶路續行。他們繞完長長的迴路，中間跳過兩處錯的岔路，走到了那條直通彩繪室的支道。

「直走就到了。」她輕聲道。走到這裡，漫長糾結的黑暗不再那麼濃了，她熟悉這些通往鐵門的通道，途中有幾個轉彎，她已數過不下百遍。只要她不刻意去想，那捂在她心頭的奇怪重壓就無法擾亂她。可是，他們越前進，就越接近那團重壓，使得她雙腿疲乏沈重至極，挪移十分吃力，有一兩回甚至吃力到抽泣起來。她身旁的男人一次一次深深吸氣、屏氣，有如一個人使盡全力做一件很費勁的事。有時他會突然出聲，發出幾個字詞或單音，時而和緩、時而尖銳。如此這般，他們終於來到鐵門前，可是她突然嚇得抬起手來。

鐵門開著。

「快！」她說著，拉住同伴通過鐵門。然後，她停下腳步。

「為什麼開著？」她說。

「因為妳的眾主母得借妳的手幫她們把門關上。」

「我們來到了……」話沒講完，她的聲音就沒了。

「來到了黑暗中心。我知道，但我們已經走出大迷宮了。要從哪條路走出這個墓穴？」

「只有一條。你進來的那扇門從裡面打不開。出去的路要穿過墓穴，爬上通道，去到寶座後面房間的活板門。那就在寶座殿裡。」

「那我們就非走那條路不可。」

「但她在那兒，」女孩耳語道：「在墓穴裡，正在挖那座空墳。我沒辦法越過她。噢，我沒辦法再一次越過她！」

「這時候，她早走了。」

「我不能進去。」

「恬娜，就在此刻，我努力頂住我們頭上的洞頂，又讓牆壁不至於迫近我們，還得讓地面免於裂開。從剛才走過那個有她們僕人虎視眈眈守候的巨坑後，我一直在這樣做。既然我能制止地震，妳還怕與我一同面對一個凡人嗎？妳要像我信任妳一樣信任我！跟我走。」

他們繼續向前。

沒有盡頭的隧道豁然開展。他們進入墓碑底下的大山洞，迎面襲來一股開闊的空氣，黑暗也同時擴大。

他們開始依循右牆，沿墓穴外圍繞行。恬娜沒走幾步就停下來。「那是什麼？」她喃喃道，聲音幾乎沒逸出嘴唇。在巨大、死寂、晦暗的圓室中冒出一種噪音，那是一種震動或搖撼，連血液都能聽見，連骨頭都感受到。她指尖下的牆，那些由時光雕刻成的岩壁正發出輕響。

「向前走，」男人說，聲音俐落但緊繃：「快，恬娜。」

她一邊踉蹌前進，一邊在漆黑又動搖得與這地底洞穴不相上下的內心高喊：「饒恕我，啊，我的歷代主母，啊，累世無名者，最悠久的亡靈，饒恕我，饒恕我！」

沒有回答。從以前到現在都不曾有回答。

他們走到寶座殿底下的地道，登上臺階走到最後一級，眼看活板門就在他們頭頂上方。活板門是闔上的，如同她過去每次進出一樣。她伸手去按開啟活板門的彈簧，但門沒開。

「門壞了，」她說：「被鎖住了。」

他從後面越過她，用背部頂撞。門仍然沒動。

「門沒上鎖，只是用某種重物壓著。」

「你打得開嗎？」

「或許能。我猜她在門外等著。她有男僕嗎？」

「杜比與烏托，可能還有別的管員——男人不准進寶座殿——」

「我無法一邊施展開啟術，一邊擋開等在外面的人，又同時抵制黑暗意志。」

他思考著，語音沈穩：「我們必須去試另外那扇門，就是我進來的那扇岩門。她曉得那扇門不能由裡面開嗎？」

「她知道，她讓我試過一次。」

「那她可能就會忽略那扇門。走，快，恬娜！」

她早已跌坐在石階上。石階嗡嗡震動，好像地底深處有人正在猛力拉扯一條巨大的絞索。

「這震動——是怎麼回事？」

「走。」他的聲音可靠又篤定，使她不由得依言爬下石階通道，重返恐怖的洞穴。

入口處，一股看不見但可怕的沈重怨恨向她壓迫過來，有如大地本身那麼重。她退縮，並不禁大喊出聲：「她們在這裡！她們在這裡！」

「那就讓她們曉得我們在這裡。」男人說著，一道白色強光由他的巫杖和兩隻手迸躍而出，像海浪在陽光下破空騰起，與屋頂牆壁千萬麗鑽交相輝映。兩人在這道強光下跑過墓穴，他們的影子則跑進岩石的白色紋理和發光縫隙間，跑進空盪開闊的墳墓裡。他們跑向低矮的門口，進了隧道弓身前進，她領路，他尾隨。在隧道裡，岩石轟隆作響，腳下石地也在撼動，但耀眼強光一直陪伴同行。就在她看到那面死寂岩牆擋在眼前時，突然聽到在土地雷鳴之外，男人說了一串字詞，她不禁雙膝跪地，而他的巫杖飛越她頭頂上方直擊緊閉的紅岩門。岩石有如著火般燒得白熱，接著迸裂。

外頭是天空，泛著破曉前的魚肚白，幾顆白星孤涼地高掛天際。

恬娜看著星星，感受到悅人山風吹拂臉龐，但她沒有站起身，反而手膝伏地，跪在天地間。

在黎明前的迷濛光線中，男人身形變成奇異的暗影，只見暗影轉身伸手拉她臂膀讓她站起來。他的臉孔黝黑，扭曲如惡魔。她畏縮地想擺脫他，口中發出濁重嘶啞的尖聲高喊，那不是她的聲音，倒像一條壞死的舌頭在她嘴裡竄動：「不要！不要！別碰我——別管我——走開！」她掙扎要離開他，想縮回那個正在崩潰、沒長嘴唇的陵墓之口。

他稍微鬆了掌握，以沈靜的聲音道：「借助妳手腕所戴的東西，我要妳走，恬娜。」

她望著前臂上星光閃閃的銀環，搖搖晃晃爬起身，目光一直沒離開銀環。她把手交給他握著，跟隨他走。她無力快跑，兩人只能步行下山。他們後頭岩堆間的黑洞口傳出很長很長的一聲怒號，充滿怨恨與悔憾。岩石在他們四周滾落，地面震動。他們繼續走，她仍定睛凝視腕際星光。

兩人走到所在地西邊的昏暗山谷，開始爬山。突然，他要她轉身：「瞧——」她依言轉身看。他們這時已越過山谷，爬到與墓碑同高——就是在布滿鑽石與墳墓的大洞穴上方或立或躺的九塊巨大石碑。她看到立著的墓碑都在搖動，像船桅緩緩扭動傾斜。經過這番折騰，其中一塊好像變高了，但一陣戰慄後馬上垮了下來。另一塊跟著倒下，重重橫擊第一塊。墓碑後面，寶座殿的低短圓頂背襯著東方黃光，看起來黑壓壓的，連它也在震動，殿牆漸漸傾圮，整座巨大石造建築竟像泥土投水般變形沈陷，而後轟隆一聲瞬間潰解，破片和塵土向四面八方飛掃。山谷土地起伏推擠，狀如波浪直驅山腳。墓碑之間裂開巨縫，那巨縫似乎一邊張望黑暗地底，一邊吐出灰煙般的塵砂。仍屹立的墓碑先後倒下，被巨縫吞噬。而後，彷彿回應穹蒼，巨縫綻裂的黑嘴唇轟隆一聲再度合攏，山丘一度震撼後，復歸平靜。

目睹這場令人喪膽的地震後，她轉頭回望身旁男人。在此之前，她未曾在日光下看見他的臉。「你鎮平了地震。」她說著，剛聽聞土地如此強大的咆哮和怒吼，她的聲音顯得高細如蘆葦間的微風。「你把地震、把黑暗之怒壓制回去了。」

「我們得繼續走，」他說著，轉身背對日出和已毀的陵墓：「我累了，覺得冷……」前進時，他跌跌絆絆，她攙扶他。兩人都無法走快，頂多只能勉強拖著步伐。他們吃力地在山丘的大斜坡上跋涉攀爬，好像一面大牆上的兩隻小蜘蛛。兩人爬上山頂乾地後停下腳步，甫升起的太陽把他倆染成金黃，洋蘇草稀疏的長陰影又為他們畫上條紋。西山聳立在兩人面前，山麓只見紫暈，但上段山坡金光澄澄。兩人靜立片刻後，翻越坡頂繼續前行，身後的陵墓所在地自視線消失，這一切全消逝了。

【第十一章】

西山
The Western Mountains

恬娜掙扎著從噩夢中醒來，她夢見自己走了很久很久，途經許多地方，身上肌肉全部掉光，兩條手臂的雙白骨在黑暗中隱隱發亮。她張開眼睛，金色光芒映入雙眼，洋蘇草辛味撲鼻。一陣甜蜜湧上心田，愉悅緩緩充塞全身，甚至滿溢出來。她坐直，從黑袍袖子伸出雙臂動一動，歡喜不迭地環顧四周。

是黃昏了。太陽已自西側的鄰近高山沈落，但餘暉照耀天地。這片天，朗闊無雲但有冬日蕭條；這片地，廣大荒涼但有金色山谷開展。風靜歇，氣候冷，萬物寂然。附近洋蘇草叢的灰葉枯乾兀立，沙漠乾草矮小的莖梗拂刺她的手。暮色的靜謐光輝浩然遍照山巒和天空，映紅每根樹枝、乾葉、枯莖。

她望向左邊，看見男人躺在沙漠地上緊裹斗篷，一隻手臂墊在頭下方，沈睡著。睡眠中，他的面容頗為嚴峻，幾乎蹙眉，但左手輕鬆擱在沙地上。他左手旁有株小薊，梗上還頂著一球灰白色的蓬鬆絨毛及防衛用小刺。這個男人和這株沙漠小薊；這株小薊與這個安睡的男人……

他擁有的力量近似大地太古力，或者說與之同等強大。他曾與龍對談，還用咒字阻扼了地震。而這個男人正躺在塵沙上安睡，手邊生長著一株小薊。真奇怪，存在這世界的生命這麼偉大、這麼不可思議，遠遠超乎她過去所想像。此際，蒼穹的霞光輕觸他那塵埃僕僕的髮絲，並將依偎在一旁的小薊染成金色。

夕陽餘暉徐徐消褪，寒意則似乎一點一點增強。恬娜起身收集枯乾的洋蘇草，撿拾落地細樹枝，扯斷長得像極橡樹手腳的結節硬枝椏。他們大約中午走到這裡，由於疲憊不堪而沒再前行。當時天氣仍暖和，兩棵發育不良的矮杜松與他們剛爬下來的西面山脊，足夠替他們遮蔭。他們喝了點瓶中水後躺下，沒一會就睡著了。

她把收集來的樹枝擱在矮樹下，順著岩石角度挖開沙土成一小坑，用鋼片敲擊打火石升火。洋蘇葉和細枝等易燃物立刻點著，乾樹枝迸放紅色焰花，飄出宜人松香味。升火後，火堆周圍好像顯得特別黑，浩瀚天空再次露出星點。

火焰劈啪聲擾醒旁邊的沈睡者。他坐起來，先用兩手抹抹骯髒的臉，一會兒才僵硬地站起來走近火堆。

「不曉得這——」他說話的語氣睡意仍濃。

「我知道，但我們不能在這裡過夜而沒有火，天氣太冷了。」隔一會兒她又說：「除非你有什麼魔法可以替我們兩人保暖，或是能把火堆隱藏起來……」

他在火堆旁落坐，雙臂環膝，兩腳幾乎伸入火中。「哇，」他說：「實際的火比魔法好多了。我已經在我們周圍施了個小幻術，要是有人經過這裡，只會看到些木棒和石塊。妳覺得怎麼樣，她們會來追趕我們嗎？」

「我也怕她們來追趕，但我認為她們不會來。除了柯琇以外，沒有人知道你來陵墓區。對了，還有馬南，但這兩人都死了。寶座殿倒塌時，柯琇一定在裡面，正在活板門外等著。至於其餘人，她們一定以為我在殿內或墓穴裡，在地震中被壓死了。」她這時也兩臂抱膝，身子不由得顫抖：「我希望其餘建築沒有倒塌，當時從山丘這邊很難看清楚，塵埃太多了。其餘神廟和房舍，比如女孩子就寢的大屋，應該沒有倒塌才對。」

「我想是沒倒。當時是墓穴把自己吞噬了。我們轉頭走時，我看到一座神廟的金色屋頂，仍然屹立沒倒，而山下有人影在奔跑。」

「他們會怎麼議論，他們會怎麼想……可憐的潘姒！現在她可能變成神王廟的高等女祭司了。過去一向是她想逃跑，不是我。經過這番折騰，她大概真的會逃跑了。」恬娜微笑著。她內心有股喜悅無法被任何想法和恐懼抹殺，那就像她剛才在金色夕陽餘暉中醒來時所感受到的愉悅，是一種心安的歡欣。她打開袋子，拿出兩小塊扁麵包。她將一塊橫過火堆遞給格得，自己張口咬另一塊。麵包硬而酸，但非常好吃。

兩人沈默咀嚼一陣子。

「我們距離海邊有多遠？」

「我來時花了兩天兩夜時間。現在回程會比較久。」

「我很強壯呀。」她說。

「沒錯，而且英勇。但妳的同伴累了，」他微笑道：「而且我們沒有太多麵包。」

「我們找得到水嗎？」

「明天，在山裡可以找到。」

「你有辦法為我們找食物嗎？」她有點曖昧且畏怯地問。

「打獵花時間，也需要武器。」

「我意思是說，用——你知道嘍，用法術。」

「我可以召喚兔子。」他說著，取一根歪扭的杜松樹枝撥火。「現在我們四周有很多兔子，牠們全趁晚上跑出洞穴活動。我可以藉由名字喚來一隻兔子，兔子會聽話過來，但妳會把那樣召喚來的兔子抓去剝皮煮了吃嗎？快餓死時或許會。但我想，那樣做就破壞了信任。」

「沒錯。但我本來是想，或許你能——」

「召喚一頓晚餐？」他說：「啊，我能辦到，要是妳喜歡，還可以盛在金盤子裡。但那是幻象，吃了幻象結果是更餓。它的止飢滋養效果跟吃自己的『話語』沒兩樣。」她看見他的白牙齒在火光中閃現片刻。

「你的魔法很特別，只在碰到大事時有用。」她說這話時，略微懷抱同等的尊貴感，這可是女祭司與法師的對談。

他添了些樹枝到火堆中，火焰燃旺起來，劈啪之餘還散發杜松香氣和火星。

「你真的能召喚兔子嗎？」恬娜突然問。

「妳要我召喚嗎？」

她點頭。

他轉身離開火堆，向著星光點點的無邊黑暗輕聲說：「凱波……歐．凱波……」

沈寂。無聲。沒有動靜。但一轉眼，搖曳的火光邊緣，在很靠近地面的位置出現了一隻宛如黑玉的晶亮眼睛。然後是毛茸茸的弓背，接著是一隻耳朵，一隻豎直且警敏的長耳朵。

格得再度開口說話。只見那隻耳朵輕彈一下，暗影中突然出現另一隻耳朵；接著，這隻小動物轉身，恬娜看見牠完全現形。但只一下子，這隻躍動的柔軟小東西便若無其事轉身忙牠的晚間要事去了。

「啊！」她總算解放屏住的氣息，說：「好棒呀！」不久便問：「我能試試嗎？」

「哦——」

「天機不可洩漏？」她脫口而出，尊貴感再現。

「兔子的**名字**是祕密，至少不該毫無理由輕率使用。但妳曉得，召喚力量並不是祕密，而是天賦，或說是奧祕。」

「噢，」她說：「你具有那種力量，我曉得！」她聲音所含的激忿沒能被偽裝的譏嘲所隱藏。他看看她，沒回應什麼。

由於奮力抵禦累世無名者，他這時確實還十分疲憊。在那些撼天動地的隧道中，他的力氣用盡，儘管最後得勝，已沒什麼精神感覺歡喜。所以他很快又蜷縮起來，盡可能靠近火堆睡覺。

恬娜繼續坐著為火堆添柴，然後定睛細瞧閃爍發光的冬季群星，由一邊地平線望到另一邊地平線。後來，壯麗星空和四周沈寂讓她漸感昏沈，她打起了盹。

他們都醒來時，火熄了。她之前遙望的群星已移至西側山頭，東邊則升起新的星群。他們是被寒意凍醒的，那沙漠夜晚的乾冷使吹來的山風利如冰刀。浮雲自西南天際漸漸飄來。

收集來的柴枝差不多燒完了。「我們走吧，」格得說：「快天亮了。」他牙齒打顫得厲害，她幾乎聽不懂他說什麼。兩人出發，開始爬越西邊的漫長緩坡。星光下，樹叢和岩石看起來仍烏壓壓一片，但倒和白天一樣好走。起初感覺冷，一走路就暖和了；他們不再縮著身子發抖，開始輕鬆前行。日出時，他們已走到西部山脈的第一座山巒，那是截至目前隔絕恬娜一生的巨牆。

他們在山中一處樹林暫歇，樹上的金黃葉子隨風顫動，但仍依附著樹枝。他告訴她那是山楊樹。她認得的樹很少，只有溪河邊的杜松和有氣無力的白楊，以及所在地果園的四十棵蘋果樹。一隻小鳥在這些山楊樹叢間輕聲「嘀、嘀」叫著。樹下有條小溪，河道窄但水流強，嘩啦啦有力地流過岩石和低瀑，因流速快而沒結凍。恬娜對它幾乎感到害怕。她已習慣沙漠，那兒的事物一概靜寂徐緩，溪河慢行，烏雲滯留，兀鷹盤旋。

他們分食一片麵包和最後一小塊乳酪當早餐，稍事休息後繼續上路。

向晚時分，他們已經爬了很長一段上坡路。當日天氣多雲沈鬱，風大嚴寒。晚上他們在另一處河谷露宿，這裡木柴充足，他們用圓木頭升起旺火，相當足夠取暖。

恬娜很快樂。她發現一個松鼠藏匿堅果的處所，因為空樹幹倒下來而暴露無遺，裡面約有兩磅完好的胡桃，還有一種表殼光滑的堅果，格得不曉得卡耳格語叫什麼，但他稱它們為「油比爾」。她找來一塊平石和一塊搥石，把堅果一顆顆敲開，每敲出第二顆，就把果肉遞給男人。

「真希望我們能留在這裡，」她說著俯瞰山巒間多風的昏暗河谷：「我喜歡這地方。」

「這是個好地方。」他同意。

「外人永遠不會來這裡。」

「不會常來……我也是在山裡出生的，」他說：「在弓忒山。我們如果由北路去黑弗諾，就會經過它。冬天時那座山看起來很美，漫山遍野白皚皚，宛若巨大海浪突出在海面上。我出生的村子也在溪邊，和這條溪很像。妳在哪裡出生的，恬娜？」

「峨團島北邊的恩塔特吧，我不記得那地方了。」

「他們那麼小就把妳帶走？」

「五歲。我還記得屋裡的爐火，以及……沒有了。」

他摸摸下巴，雖然長出一點鬍子，總算還乾淨；稍早，兩人不顧天寒在山溪裡洗了澡。這時他摸著下巴，露出若有所思的嚴肅表情。她看著他，在山間昏暗中藉由火光看他，卻永遠說不出心裡真正想說的話。

「到了黑弗諾，妳打算做什麼？」他出聲，對著火堆詢問，而不是對她。「妳真的重生了，勝過我個人曾體驗的重生。」

她點頭並淡然一笑。她是感覺宛如新生。

「妳至少該學點語言。」

「你們的語言？」

「對。」

「我很想呀。」

「唔，那好。這是『卡巴』。」他說著，拋了顆小石子到她黑袍的衣兜裡。

「『卡巴』。那是龍語嗎？」

「不是，不是。妳又不施法術，這是和別人交談用的！」

「龍語的小石子叫什麼呢？」

「『拓』，」他說：「但我不準備讓妳當我的術士徒弟。我要教你的是群島區，就是內環島嶼一般人講的話。我來這裡以前也先學了你們的語言。」

「但你講得好怪。」

「是啊。來，『奧肯米・卡巴』。」他說，並伸手出來，要她把小石子給他。

「我一定得去黑弗諾嗎？」她問。

「不然妳要去哪裡，恬娜？」

她猶疑未語。

「黑弗諾是個美麗的城，」他說：「況且，妳要把那個和平象徵，那臂環，那失落的寶物帶去給他們。黑弗諾的人民會像對待公主般歡迎妳。他們會因為妳帶給他們這項貴重禮物而尊崇妳，款待妳，讓妳確實感到賓至如歸。那座城的居民高貴慷慨，他們會因為妳的白皮膚而稱呼妳『雪白女士』，加上妳又這麼年輕、這麼美麗，他們會加倍愛護妳。妳會有上百件像上次我藉幻術表演給妳看的絲質衣裳，但必定是真實的衣裳。妳會受人讚美、感激、愛護。過去的妳只懂得孤獨、嫉妒與黑暗。」

「那時有馬南，」她防衛地說著，嘴有點顫抖：「他愛我，一直照顧我。他盡他所知保護我，我卻因此害他跌入巨坑，致他於死。我不想去黑弗諾，我不要去那裡，我想留在這裡。」

「這裡──峨團島？」

「山區這裡，我們現在所在的這裡。」

「恬娜，」他以鄭重低沈的聲音說：「既然這樣，就待在這裡吧。但我連把刀也沒有。這裡要是下雪，肯定下得凶。不過，只要我們找得到食物──」

「不行。我知道我們不能留在這裡，我只是鬧鬧傻氣罷了。」恬娜說完站起來為火堆添柴，裙兜的堅果殼散了一地。她身上那件衣服和黑斗篷早已污損，看起來異常單薄，但她站得挺直。「現在我原本知道的一切全沒用了，」她說：「又還沒學到任何東西。我得試著學些東西才行。」

格得瑟縮著把頭轉開，宛如身陷苦痛。

次日，他們翻越黃褐色山脊的最高點。行走山間隘道時，厲風兼勁雪吹掃得既刺人又遮蔽視線。一直走到下了山脊，又走了很久到另一邊，脫離山巔雪雲蔽天的地帶，恬娜才終於見到巨大山牆外的大地。一望無際盡是翠綠，松樹、草地、耕地、休耕地，放眼皆綠。甚至在這灌木盡禿、森林滿是灰枝的蕭條冬季裡，它仍是綠地，粗樸溫厚。他們由高處岩坡俯瞰，格得默默手指西天，太陽躲在濃濃奶油黃暈與一捲捲雲層背後，漸漸下沈。紅日雖掩，但地平線依舊燦爛，與陵墓墓穴水晶牆的閃耀光輝不相上下，彷彿世界的這個邊緣正展現一種歡快光芒。

「那是什麼？」女孩問，他答：「海洋。」

不久後，她見到另一件事，雖然沒那麼奇妙，但仍夠奇妙。他們來到一條道路。黃昏已至，他們便循路走進一座村莊，一座沿路分布了十來戶人家的小村莊。她一發覺他們正進入人群中，馬上慌張地轉頭看同伴，卻發現同伴不見了，身旁的人穿著格得的衣服、模擬格得的步態，穿格得的草鞋大步行走，卻是另一個人。這個人白皮膚，沒有鬍鬚。他朝她送來一瞥，那雙眼睛是藍色的，還對她眨眼。

「我這個樣子能騙過他們嗎？」他說：「妳的衣服好看嗎？」

她低頭一看。她穿著村婦的褐裙和外衣，肩上圍了條紅色羊毛大披巾。

「啊，」她說完，猛地止步。「噢，原來你是——你是格得！」她說出他名字時，霎時非常清楚地看見她熟悉的黑褐色皮膚、有傷疤的臉，以及那對黑色眼睛。可是，實際站在身旁的是牛奶膚色的陌生人。

「在別人面前別叫我的真名字。我也不叫妳的名字。我們現在是兄妹，從鐵拿克拔來的。待會兒如果見到長相和善的人，我打算拜託他招待一頓粗餐。」他拉了她的手，一同進村。

兩人次日離村時，腹中飽滿，在乾草棚睡了一夜好覺。

「法師常乞討嗎？」恬娜問時，兩人已走在綠野田道，兩旁青草地有山羊和小花牛在吃草。

「妳為什麼問呢？」

「看你好像很習慣乞討的樣子。老實說，你可真擅於乞討呢。」

「嗯，沒錯。用那種方式來看的話，我這輩子都在乞討。不消說，巫師沒有多少家當。事實上，漫遊時，他只有一根巫杖和一身衣物。多數人樂於施予食物和歇息處給法師，而法師會盡力回報。」

「怎麼回報？」

「唔，比如剛才那位村婦，我替她的羊治病。」

「那些羊怎麼了？」

「牠們都罹患乳房傳染病。我小時候常放羊。」

「你有對她說你治好了那些羊嗎？」

「沒有。怎麼對她說？為什麼要講呢？」

中斷片刻後，她說：「我看你的魔法不是只對大事有用而已。」

「對陌生人好禮款待是很了不起的事。當然，道謝已足夠，但我為那些山羊難過。」他說。

下午，兩人經過一座大鎮。鎮上房舍以泥磚建造，村子四角加設堞口和瞭望塔，並建有卡耳格式城牆，但大門僅一扇，門下有幾個牲畜販子正趕著一大群羊經過。百餘間房舍的紅磚屋頂突出於土黃色石牆上方。鎮門邊站了兩名守衛，頭上戴著綴有紅色羽飾的頭盔，那種頭盔表示服效神王。恬娜見過戴這種頭盔的人來陵墓所在地，大約一年一次，押送奴隸或護送金錢到神王廟奉獻。他們經過圍牆外時，恬娜這麼告訴格得，格得回道：「我也見過。我小時候，他們侵襲弓忒島，湧進我們村子掠奪，但被趕走。不過，隨後在阿耳河河口岸邊打了一仗，很多人被殺死，據說有數百人之多。唔，現在臂環已復原，遺失之符已重現，卡耳格帝國與內環島嶼王國之間或許不會再有這種侵襲和殺戮了。」

「這種事如果繼續發生就太不智了，」恬娜說：「神王有那麼多奴隸，不曉得他打算用來做什麼。」

她同伴顯然深思這問題一會兒。「妳是指，如果卡耳格打敗群島王國以後嗎？」

她點頭。

「我認為這種事不可能發生。」

「可是你看看這帝國多麼強大。就拿剛才那座大城來說，它有城牆，有守衛。要是他們出兵攻打，你們的島嶼怎麼抵禦？」

「那座城還不算大，」他謹慎和緩地說：「我第一次離開家鄉的山村時，也認為這樣的城很大，但全地海有很多很多城，與那些城一比，這只是個小鎮。地海的島嶼也是很多很多。妳慢慢會看到的，恬娜。」

她沒說什麼，只繃著臉，沿路拖步。

「每逢船隻漸漸靠近島嶼時，從未看過的陸地在海上慢慢升起，那種景象實在令人讚歎。農田、森林、城鎮、宮殿、港口，以及販售世界各地貨品的市場，喔，真是應有盡有。」

她點頭。她曉得他正在努力激勵她，但她的欣喜全留在山上那處溪流潺潺的昏暗河谷。現在她內心反倒有股漸漸增強的恐懼。前途未卜，除了沙漠和陵墓，世事她一概不知。知道沙漠和陵墓有什麼用？她曉得地底隧道的轉彎，但隧道崩毀了；她知道怎麼在祭壇前跳舞，但祭壇坍塌了。她一點也不懂森林、城鎮，甚至人心。

她突然說：「你會與我一同住在黑弗諾嗎？」

她沒有看他。他依舊是幻術的喬裝打扮，一個白皮膚的卡耳格鄉下人，她不喜歡看他這種樣子。不過，他的聲音沒變，跟在大迷宮的黑暗中講話時完全一樣。

他很慢才回答。「恬娜，我的生活是遵循傳召，被派去哪就去哪。到目前為止，我還不曾滯留某座島嶼很久。妳了解嗎？我得完成我必須做的事，而那些事都得獨自完成。如果妳需要我，我會陪妳留在黑弗諾。之後，假如妳又需要我時可以召喚我，我會來的。只要妳召喚，就算躺在墳裡我也會來，恬娜！但是我沒辦法陪妳久留黑弗諾。」

她一語不發。過一會兒他又說：「到了黑弗諾，妳很快就不需要我了。妳會過得很快樂。」

她點頭，默默接受。

他們並肩走向海洋。

【第十二章】

旅
Voyage

他的船藏在巖穴中，就在一處磯岩嶙峋的大海岬邊，附近村民稱那海岬為「雲煙岬」。一位村民送給他們一大碗悶燒魚作晚餐。食畢，這蒼茫白日已近尾聲，他倆利用最後餘光順著絕壁往下走到海灘。說「巖穴」，其實是一道向內伸入約三十呎長的狹窄岩縫，由於位置剛好在潮汐高點的上方，那裡的細砂地頗為潮濕。從海上可以看見這岩縫開口，所以格得說他們不應該起火，免得乘小筏在沿岸來往的夜間漁民看見而心生好奇。於是兩人只能悽慘地躺在潮濕砂地上過夜。地上的砂用手指摸的話算細，但對於兩具疲憊的身體而言簡直硬如岩石。恬娜躺著靜聽洞口下方僅距數碼的浪濤沖刷、吞沒、拍擊岩石；她也聽得見東岸綿延數哩的海水澎湃。海水反覆製造相同的聲音，但又始終不太一樣，也始終不歇息。它在舉世島嶼各海岸以不歇的海浪洶湧起伏，永不停息，永不靜止。她所熟悉的沙漠和山脈是靜立的，永遠不會用那單調的宏音大聲嚷嚷。海洋永遠在說話，但她不懂它們的語言，覺得生分。

第一道蒼茫天光出現，潮水仍低時，她因為睡不安穩而起身，正好看見巫師走出巖穴。她看見他穿著束腰斗篷赤腳走出去，到巖穴下方黑紋岩石底下找東西。他返回時，狹窄巖穴為之一暗。「吶。」他說著，遞給她一把濕答答的可怕東西，一個個像長了橘色唇瓣的紫色岩石。

「這是什麼？」

「貽貝，從外面岩石那邊撿來的。另外那兩個是蠔，味道更好。看——像這樣吃。」他取出在山裡時她借他的鑰匙環上所附短劍，撬開貝殼，把橘色貽貝就著海水當沾醬吃下去。

「你煮也不煮嗎？居然活生生吞了它！」

格得有點不好意思，但不管三七二十一繼續一個個撬開貝殼吃個精光。他吃時，她不願觀看。

他一吃完，便穿過巖穴走向他的船。那條船船首向前，船底墊了幾根長浮木。前一晚恬娜已見過那船，不但對它無法寄以信任，也壓根沒法理解它。它比她觀念中的船大得多，是她身高的三倍。船內有很多東西她不了解用途，而且這船看起來很不可靠。它的鼻子（她把「船首」稱為「鼻子」）兩側各畫了一隻眼睛，以至昨夜半睡半醒中，她老是感覺那條船瞪著她。

格得走進船內翻尋了一會，回來時帶了東西：一袋硬麵包，為防止變乾而仔細包裝。他遞給她一大片。

「我不餓。」

她表情不悅，他深深看了她一眼。

他把麵包照原樣包好擺在一旁，然後在入口坐下。「大約再兩小時，潮汐會進來，」他說：「到時候我們就走。妳昨晚沒睡好，何不利用這段時間睡一下。」

「我不睏。」

他沒接腔，照舊側身疊腳坐在昏暗的岩石拱道中。她從巖穴內望去，先是他的側影，再過去就見到波光粼粼的海水起伏。他沒動，沈靜如岩石，周身散放的穩靜氛圍，有如石頭落水所生的圈圈漣漪。他的沈靜不是「沒有說話」的那種狀態，而是已然成為一樣東西，與沙漠的寂靜相仿。

過了很久，恬娜起身走向洞口。他仍然沒有動。她低頭看他的臉，那臉龐有如銅鑄，予人嚴凜正氣之威，黑眼睛沒閉但向下望，嘴巴詳和超然。

他和大海一樣，遠遠超乎她能觸及。

他此刻在何方？他的神識走到哪個方向去了？她永遠不可能跟隨他。

他已經讓她跟隨到了這裡。藉由叫出她的名字，他把她召來；她順從他的指示出現了，就像他從黑暗中召出的沙漠野兔。現在，他取得臂環，陵墓崩毀，護陵女祭司永遠遭棄，他不需要她了，就逕自脫身到她沒辦法跟隨之處。他不會與她一同留下。他愚弄她完畢，打算棄她不顧。

她彎腰伸手，迅雷不及掩耳由他腰帶抽出她借他的那把鋼鑄短劍。他依舊沒動，依舊像尊雕像——一尊遭劫的雕像。

那枝短劍的刀鋒僅四吋長，鋒口銳利，是一把小型獻祭用刀。它是護陵女祭司配備的一部分，平日她必須將這把短劍連同鑰匙環、一條馬毛皮帶及其餘用途不詳的小東西一併隨身配掛。她從未使用過這把短劍，只有跳黑月之舞的一段時，她必須在寶座前拋擲短劍，然後接住。她一向喜歡那個表演，舞蹈奔放，沒有音樂，只有她雙腳的踩踏聲。一開始她常切傷手指，練了又練，好不容易才有把握每次都接住短劍。它鋒利的刀刃足以深切指肉直達骨頭，或割斷喉嚨動脈。她要繼續服侍她的眾主母，雖然她們已經辜負且遺棄她。但今天這個最後的黑暗行動，她們會指引並策動她的手。她們會接受這個犧牲祭品。

她轉向男人，右手持刀放在後腰。這時，他緩緩仰臉看她，那容貌好像一個人由遙遠的地方前來，而且目睹了可怕的事。他的臉龐平靜但滿溢痛苦。在他舉頭凝望她，且好像漸漸看清她的短暫過程，他的表情逐漸清朗。最後，他像是打招呼般說：「恬娜。」並舉手碰觸她手腕那只有雕刻的帶孔銀環。他這麼做，彷彿對自己再做一次放心的保證。他沒留意她手中的短劍，而是轉頭去看巖壁下方翻騰的海浪，並勉力啟齒道：「是時候了……我們該走了。」

一聽他聲音，忿怒離逸而去。她只覺害怕。

「妳會拋下她們的，恬娜。妳漸漸自由了。」他說著突然一躍而起，舒展一下身子，並重新繫緊斗篷腰帶。「來幫我推船好嗎？船底托著圓木，不難推動。對，推——再一次。好，好，行了。準備跳進船裡，我說『跳』時妳就跳進去。這地方不太容易登船——再來一次。預備！跳！」他自己緊隨著跳進船內，見她重心不穩，他扶她到船底坐好，然後又開雙腿站在槳旁，順著一陣退潮用力把船推送出去。就這樣，船越過浮沫翻湧的岬頭，進入海洋。

離開淺灘水域好一段距離後，他停了槳，收靠在船桅邊。此時，恬娜在船內，大海在船外，這條船看起來好小。

他張起船帆。那張暗紅色船帆雖經細工補綴，整條船也相當乾淨整齊，但船上機具仍流露經年使用的風霜老態，看起來和船主一樣，雖經遙遠航程，卻沒被善待。

「好了，」他說：「好了，我們離開了，我們安全了，清清淨淨。妳有感覺嗎，恬娜？」

她確實也有感覺，一隻黑手放掉了長久以來對她心靈的箝制。不過，她沒有像在山裡那樣開心，反而把頭埋在臂彎裡哭起來，兩頰又是鹽跡斑斑，又是熱淚涔涔。她為過去受無益邪惡捆綁，浪費許多歲月而哭泣。她痛心流淚，因為她自由了。

她漸漸認識到「自由」的沈重。自由是重擔，對心靈而言是碩大無朋的奇特負荷，一點也不輕鬆。它不是白白贈與的禮物，而是一項選擇，而且可能是艱難的選擇。自由之路是爬坡路，上接光明，但負重的旅者可能永遠到不了那個終點。

格得任她哭，沒說半句安慰的話；她哭完，坐著回頭遙望峨團島暗藍色土地時，他還是沒說半句話。他面色嚴峻，好像提防著什麼，也好像他是孤單一人。他敏捷地默默照應船帆並操舵，始終注視前方。

下午，他手指他們航行的太陽方向，說：「那是卡瑞構島。」恬娜順著他手指方向望去，瞧見遠方雲煙般隱約的山巒，那是當今神王所在的大島。峨團島早落在後面不見了。她內心異常沈重，太陽像一把金色槌子在她眼裡擊打。

晚餐是乾麵包、煙燻乾魚配水。乾魚的味道她很不喜歡，水則是前一晚格得用船上水桶到雲煙岬海灘邊的小溪汲來的。冬季夜晚來得快，且海上寒意深濃。北方遠處曾出現細微光點一會兒，那是卡瑞構島海邊漁村的黃色火光，但很快就被海面升起的霧氣籠罩而看不見。這晚沒有星光，他們是獨航大海的孤舟。

恬娜早已蜷縮在船尾；格得躺臥在船首，用水桶當枕頭。船隻穩定行駛，雖然這時的海風只是微微由南面吹來，但海浪仍輕輕衝擊船身兩側。遠離岩岸後，船外的大海甚為寂靜，只有碰觸船隻時才稍微出點聲。

「如果風從南而吹來，」由於海洋輕聲耳語，恬娜也小聲說話：「船隻不就是向北行駛嗎？」

「對，除非我們調轉方向。我造了法術風在船帆上，現在船隻是往西航行。到了明天一早，我們就會完全離開卡瑞構水域，屆時我會讓她用自然風航行。」

「這條船會自己操舵嗎？」

「會。」格得認真地說：「只要給她合宜的指示。但她不需要太多指示。她在開闊海航行過，曾經去到東陲最東島嶼以外的大海，還去過最西邊厄瑞亞拜死去的偕勒多島。她是一條有智慧的巧船，我的『瞻遠』，妳可以信任她。」

這女孩坐在這條藉出魔法在大海上行駛的船內，仰頭凝望黑暗。她過去這一生都在凝望黑暗，但相較之下，這晚海洋上的黑暗更為浩大無邊，它沒有頂，一直延伸到星辰之外，沒有凡俗力量在牽動它。它先於光明存在，也將後於光明存在；它先於生命而存在，也將後於生命而仍存。它無限延伸，超越了邪惡。

她在這片黑暗中開口道：「你受贈護身符的那座小島，也在這海上嗎？」

「對。」他的聲音從這片黑暗中冒出來道：「可能在南方某處，我一直沒辦法再找到它。」

「那個送你環片的老伯母，我曉得她是誰。」

「妳曉得？」

「這故事是聽來的。那是第一女祭司必學的知識之一。薩珥曾對我講，她第一次講時柯琇也在場。後來薩珥與我獨處時，她又講得更仔細，那回是她死前最後一次同我談話。故事是說，胡龐有個貴族家系因為反對阿瓦巴斯高等祭司而與之戰鬥。那個貴族家系的締造者是索瑞格王，他遺留給子嗣的大量財寶中有個破環片，是早年厄瑞亞拜給他的。」

「這故事在《厄瑞亞拜行誼》詩歌中也明確提到。歌中內容——用你們的卡耳格話是說：環破時，一半仍在高等祭司殷特辛手中，另一半在英雄厄瑞亞拜手中。事後，高等祭司將半片破環送去峨團島，送給與這世界同等古老的累世無名者。那半片破環於是沈入黑暗，沈入失落的地區。但厄瑞亞拜把自己那一半轉交給賢明國王一位尚未婚配的女兒媞娥拉，並說：『讓它留在未嫁少女妝奩的光輝中，讓它繼續留在帝國，直至與另外半環重新結合復原的那日。』厄瑞亞拜向西航行之前是這麼說的。」

「如此說來，那半片破環一定是在那個家系的歷代女兒手中傳遞了無數年，並不像你們內環島嶼的人所想的那樣遺失了。可是，後來高等祭司自封為祭司王，祭司王再締造帝國，並開始自稱神王，在這段期間，索瑞格家系反而越來越卑微衰弱。到最後，就如薩珥告訴我的，索瑞格家系傳到只剩下兩人，是一個小男孩和一個小女孩。當時有預言指示，胡龐索瑞格家系的一個子嗣終將使帝國滅亡，居住阿瓦巴斯的神王，也就是當今神王的父王知道後，內心震駭不已，便命人由胡龐宮殿偷出那兩個小孩，把他們帶去遠在海上的孤島，而除了他們身上衣物和一點食物之外，什麼都沒留給他們。因為不管用刀殺或悶死毒死，他都不敢下手，畢竟兩個小孩有王族血統，而即使以神王之尊，謀害王族也會招引詛咒。那兩個小孩，一個叫安撒，一個叫安秀。送你破環片的就是安秀。」

他靜默良久，最後才說：「所以這故事完整了，就如臂環一樣。但恬娜，這實在是個殘酷的故事。那兩個小孩，那座小島嶼，我碰到的老伯伯、老伯母……他們幾乎不會說人類語言。」

「我想問你一點事情。」

「問吧。」

「我不想去內環島嶼的黑弗諾。我不屬於那裡，我不想置身大城、夾在陌生人當中。我也不屬於任何島嶼。我背叛了我們帝國的人，已經沒有族人，而我又做了一件極邪惡的事。所以，你就把我單獨放在某座小島上，像當年國王之子曾受的待遇一樣，選個無人孤島放下我。然後，你把完整的臂環帶去黑弗諾。那是你的，不是我的，它與我完全無關，你們國人也與我無關。讓我自生自滅吧！」

此時她面前的黑暗中，一道如同小型月升般的光亮出現，雖然徐徐緩緩，仍然嚇了她一跳；那是應他的指令而生的法術光。那光亮附著在他的巫杖尾端，他面向她坐在船首，單手豎直巫杖。法術光那銀白色光芒映照著船帆下方、船舷、船內底板，以及他的臉孔。他兩眼直視她。

「恬娜，妳做了什麼邪惡的事？」

「我下令把三個男囚犯關在墓碑底下的暗室，讓他們餓死渴死。等他們死了，就直接埋在墓穴中。那些墓碑就倒塌在他們的墳上。」她講不下去了。

「還有嗎？」

「馬南。」

「他的死算在我帳上。」

「不，他會死，是因為他愛我，是因為他對我忠心耿耿。他認為那是在保護我。以前舉行祭禮時，是他在我脖子上方持劍。小時候，他很疼愛我，每次我哭的時候——」她又講不下去了，熱淚盈眶，但她不願再哭出來，兩隻手緊捏黑袍褶邊。「我卻不曾對他好。」她說：「我不要去黑弗諾。我不要跟你去。找個沒人會來的小島把我放下，不要管我。行惡須付代價。我不是自由的。」

法術微光被海上霧氣罩得更淡微，但仍在兩人之間綻放。

「恬娜，妳仔細聽我說。以前妳只是邪惡的工具，現在邪惡傾空了，終結了，埋在它自己的墳中。妳絕不是生來殘酷和黑暗的；妳是生來承光的，有如燃燒的燈火，含容並綻放光亮。我發覺這盞燈沒有點亮，不願它棄置在沙漠島，如果我那樣做，就好比找到一樣事物又隨意丟棄。我要帶妳去黑弗諾，並告訴全地海的親王，說：『各位看！我在黑暗之處發現這道光，發現她的心靈。由於她，一個古老的邪惡消滅了；由於她，我走出墳墓；由於她，破環復原完整，從此怨恨變和平。』」

「我不去，」恬娜痛苦地說：「我不能去。你講的都不是真的！」

「之後，」他平靜地繼續說：「我要帶妳離開那些親王和富爺，因為妳說得對，妳無法融入那種地方。妳太年輕，也太靈慧。我要帶妳到我自己的家鄉，就是我出生的弓忒島，把妳交給我師傅歐吉安。他老人家雖然年事已高，但是個非凡卓越的法師，是個具備寧謐心靈的人，大家都稱他為『緘默者』。他住在銳亞白鎮懸崖上的小屋，高高俯瞰大海。他養了些羊，還有一方園圃。每年秋天他會單獨在島上漫遊，行遍森林、山麓、河谷。我比妳現在年少時曾與他同住；但我沒有住很久，那時不懂得應該住下去。我離開那兒去尋找邪惡，結果確實找到了……可是妳不同，妳是來躲避邪惡、尋找自由，妳可以先靜靜在那裡待一段時間，等找到妳要的人生方式再說。恬娜，在我師傅那裡，妳會找到仁慈和寧靜。待在那裡，妳那盞燈在風中也會燃亮。妳肯去嗎？」

灰白色海霧在兩張臉孔間漂浮，船隻在長浪上輕緩擺動。他們四周是夜色，他們下方是大海。

「我願意。」她吐了口長氣，隔了很久又說：「真希望快一點……真希望現在就能去那裡……」

「不會很久的，小人兒。」

「你會常來嗎？」

「能來時就會來。」

法術光淡逝，兩人周圍闃黑一片。

數度日升日落，他們這趟冬季之旅經歷平靜無風與冰凍強風交替後，終於航抵內極海。他們夾在大船豪艇中間，駛經擁擠水道，北上至伊拔諾海峽，進入深踞黑弗諾心臟的海灣，再穿越海灣到達黑弗諾大港。他們見到了白色塔樓——事實上，當時整座城都在白雪中熠熠生輝。橋梁棚頂和房舍的紅屋頂均為白雪覆蓋，港內上百船隻的索具因結冰而在冬陽中閃耀。「瞻遠」的補丁紅帆在這地區各海域名聲響亮，以致他們尚未抵港，消息就已先傳開。大批人潮聚擁在下雪的碼頭，各色三角旗迎著明燦寒冷的冬風在眾人頭上啪啪作響。

恬娜端坐船尾，仍是那身破舊黑斗篷。她瞥瞥腕際臂環，然後抬頭注視群眾、繽紛彩柱和宮殿高塔。她舉起右手，陽光映照銀色臂環。一陣歡呼越過動盪不定的水域傳過來，在風中聽起來雖微弱但不失歡悅。格得把船駛入碼頭，百餘隻手同時伸出來，要接下格得擲向碇泊處的纜繩。他躍上碼頭平台，轉身伸手給恬娜，微笑說：「來！」她起身登岸。她握著他的手，莊重地走在他身邊，一同爬坡步上黑弗諾的白色街道，宛如孩子回家。

■作者簡介

閱讀娥蘇拉．勒瑰恩：在多重疆界間起舞

本文標題，部分借用了娥蘇拉．勒瑰恩（Ursula K. Le Guin, 1929-）自己所寫的評論集書名《在世界邊緣起舞》（*Dancing at the Edge of the World*），因為用來形容她自己的確非常貼切。不只是因為她身跨奇幻與科幻創作兩界——確實有很多作家一手寫奇幻，一手寫科幻。當然，她在兩界都成就斐然，地位崇高，這點誠屬不易：她的奇幻代表作「地海傳說」系列，包括《地海巫師》（1968）、《地海古墓》（1970）、《地海彼岸》（1972）與《地海孤雛》（1990）等舉世矚目，名列經典，不僅創作至今三十多年來一直深受各年齡層讀者喜愛，凡探討奇幻文學或青少年文學的論文或評論，必提及「地海」的重大成就。她的科幻小說也是重量級，《黑暗的左手》（1969）與《一無所有》（1974）這兩部長篇巨著均獲星雲獎與雨果獎雙雙肯定，奠定她在科幻文學與性別議題上的地位，整體而言所獲獎項與榮耀更是不計其數。

但是，光舉出她在這兩種文類上的耀目成就，還不足以形容她的特別。很少有

作家像她這樣，除了一手寫奇幻、一手寫科幻外，還擅長寫實小說，除此之外又生出好幾隻手寫詩、寫散文、寫遊記、寫文學評論、寫童書、寫劇本，又兼翻譯，可謂樣樣精通。

這是她跨越疆界的第一種層次：跨越創作類型的疆界。

勒瑰恩不僅跨越了創作類型的疆界，還打破了主流文學的藩籬。奇幻、科幻小說，甚至包括青少年兒童文學類型，有很長一段歷史處於文學界的邊緣位置，不受重視。勒瑰恩出身學術家庭，父親是人類學家，母親是心理學家及作家，均非常關注美國原住民文化。家中時常高朋滿座，除了知名學者、研究生之外，還有許多印地安人，套句勒瑰恩母親所說的話，他們家就是「一整個世界」。在這樣富有學術氣氛的環境成長，三位兄長都成為學者，她自己則攻讀法國與義大利文學，取得文學碩士，並在大學任教。儘管如此，勒瑰恩卻選擇了大眾文學為志業。她以令人讚歎的才華在奇幻、科幻與青少年文學界奠定名聲；作品的文學性更吸引了主流文學界的注意。

以她作品為分析對象的文學評論眾多，甚至出版專書探討。舉凡「地海傳說」的成長主題與道家思想、《黑暗的左手》的敘事方式與性別議題、《一無所有》的烏托邦與反烏托邦等，皆對主流文學界產生重大影響。西方文學評論家哈洛・卜倫（Harold Bloom）在專論勒瑰恩的評論集《*Ursula K. Le Guin*》（Chelsea House, 1986）中於序言盛讚她為當代幻想文學第一人，創意豐富，風格上乘，勝過托爾金與多麗絲·萊辛（Doris Lessing），並於《西方正典》附錄中將她列為美國經典作家之一。

這是她跨越疆界的第二種層次：跨越主流文學與大眾文學的疆界。

在性別議題上，勒瑰恩也沒缺席。她可謂最早探討性別意識的奇幻、科幻作家之一，諸如《黑暗的左手》與「地海傳說」等作品中，均可看到她以女性身分對奇幻、科幻文類的反省。

於此，她再一次跨越疆界：性別的疆界。

勒瑰恩除了創作，更投入老子《道德經》的英譯注解工作，耗時四十年之久，此版本推出之後獲得相當高的評價。她並將老子思想融入創作，在一向以西方文明為骨幹的奇幻、科幻小說中，發揮東方哲學的無為、相生與均衡概念。此外，「地海傳說」中的島嶼世界（相對於歐美的大陸世界）與骨架纖細、黑髮深膚的民族（相對於西方人種的外貌），以及隱喻西方文明的侵略與破壞性格，這種「去西方中心」的敘述觀點與一般西洋奇幻文學形成強烈對比。

這是她跨越疆界的第四種層次：跨越文化疆界，脫離西方主義。

女性、青少年兒童、大眾文學與東方思想，相對於男性、成人、主流文學與西方文化，都是位於邊緣。勒瑰恩正是「在多重世界的邊緣翩翩起舞」，織就了種種意象繁複、文字優美、意蘊深厚的故事。更重要的是，她不僅要傳達深刻的理念，她還是說故事的高手，能同時兼顧閱讀趣味、文學風格和哲思議題。她的作品被翻譯為許多語言，日本當代名作家村上春樹亦特別操刀翻譯她的短篇童話「飛天貓」系列，並坦言：「勒瑰恩的文字非常優美豐富，是我最喜歡的女作家之一。」很慶幸她選擇了奇幻、科幻類型來說故事，豐富了我們的視野；更慶幸有了她的努力，邊緣文學的發聲位置終於有了流動。

像這樣一位作家，絕對值得我們認識，並且細細咀嚼。

地海古墓（地海六部曲之二）
The Tombs of Atuan

作者　勒瑰恩（Ursula K. Le Guin ）
譯者　蔡美玲
社長　陳蕙慧
副社長　陳瀅如
總編輯　戴偉傑
責任編輯　李嘉琪
封面設計　蔡南昇
內頁排版　極翔企業有限公司

出版　木馬文化事業股份有限公司
發行　遠足文化事業股份有限公司（讀書共和國出版集團）
地址　231 新北市新店區民權路 108 之 4 號 8 樓
電話　02-2218-1417 傳真 02-8667-1891
email　service@bookrep.com.tw
郵撥帳號　19588272 木馬文化事業股份有限公司
客服專線　0800221029
法律顧問　華洋法律事務所　蘇文生 律師
印刷　呈靖彩藝有限公司
初版　2017 年 2 月
初版 13 刷　2024 年 7 月
定價　新台幣 320 元
ISBN　978-986-359-340-9

木馬臉書粉絲團：http://www.facebook.com/ecusbook

國家圖書館出版品預行編目(CIP)資料

地海古墓 / 勒瑰恩（Ursula K. Le Guin）著；蔡美玲譯. -- 初版. -- 新北市：木馬文化出版：遠足文化發行, 2017.02

面；　公分. --（地海六部曲；2）

譯自：The tombs of atuan

ISBN 978-986-359-340-9（平裝）

874.57　　105023223